AF219838

Elfi Sinn

Aufgeben ist keine Option!

Unmögliche und fantastische Geschichten - 6

Bibliografische Information der Deutschen Nationalbibliothek:
Die Deutsche Nationalbibliothek verzeichnet diese Publikation in
der Deutschen Nationalbibliografie; detaillierte bibliografische Da-
ten sind im Internet unter http://dnb.dnb.de abrufbar.

© 2023 Elfi Sinn

Herstellung und Verlag:

BoD – Books on Demand, Norderstedt

Titelbild: Gabriele Barby

unter Verwendung von Motiven von

iStock.de

ISBN: 9 783 751 930 659

MIX
Papier aus verantwortungsvollen Quellen
Paper from responsible sources
FSC
www.fsc.org
FSC® C105338

Inhaltsverzeichnis

Euch werde ich's zeigen!

„Dann behalte doch dein Geld bis du stirbst, lange kann es ja nicht mehr dauern!"

Leonore Köhler saß noch wie erstarrt, als ihre wütenden Schwiegersöhne das Büro schon längst wieder verlassen hatten. Sie fuhr sich seufzend durch ihre silbergrauen Haare und sah sich in dem Raum um, der jetzt nicht mehr ihr gehörte und ihr auch nicht mehr die gleiche Sicherheit wie früher bot.

Von Martin, dem Mann ihrer ältesten Tochter Manuela, hatte sie noch nie viel gehalten, es aber leider auch nicht verhindern können, dass er in die Familie kam. Sie seufzte wieder, denn sie war sich ihrer Schuld wohl bewusst.

Es war nie genug Zeit für die Kinder dagewesen, damals als sie gemeinsam mit ihrem Mann die kleine Firma „Küchenkräuter" aufbaute. Und später als die Firma besser lief, wurden die beiden Mädchen zu sehr verwöhnt, denn noch immer hatte sie wenig Zeit, aber genügend Geld, um die Kinderaugen wieder leuchten zu lassen und ihr eigenes schlechtes Gewissen zu beruhigen. Sie hätte sie wirklich gründlicher auf das wahre Leben mit einem soliden Beruf vorbereiten sollen, doch beide hatten zu keiner Zeit Interesse an einer Ausbildung gezeigt, sondern erwartet, dass die Eltern auch in Zukunft für ihr verwöhntes Leben sorgten. Und die Schwiegersöhne toppten diese Ansprüche noch. Martin hatte sein BWL-Studium nicht beendet, weil es ihm zu langweilig erschien, pochte aber darauf, in der Firma der Schwiegereltern einen guten Job zu bekommen. Auch Michael, der Mann ihrer jüngsten Tochter Gloria, entwickelte keinen besonderen Ehrgeiz im Studium, aber wenigstens schloss er es ab und verfügte über praktische Erfahrungen aus der Firma seiner Eltern.

Zumindest hatte Gloria das immer behauptet und Leonore drückte um des lieben Friedens willen sämtliche Augen zu, wenn ihr wieder einmal eine Fehlentscheidung der beiden zugetragen wurde und korrigierte sie dann still. Sie wusste, dass das falsch war und das hatte sich im nach hinein auch böse gerächt.

Als ein schwerer Verkehrsunfall ihren Mann plötzlich aus seinem Arbeitsleben riss, hatten die Schwiegersöhne die unerwartete Chance sofort im eigenen Interesse genutzt. Während sie Tag und Nacht am Bett ihres Mannes gesessen hatte und ihr alles andere egal war, auch was aus der Firma wurde, hatten die beiden so viel Geld wie möglich, für ihren privaten Verbrauch abgeschöpft und die Firma in Grund und Boden gewirtschaftet.

Auch das hatte sie lange Zeit nicht hören wollen. Nachdem ihr Mann verstarb, versank sie in so tiefe Trauer, dass sie niemand mehr erreichte. Immerhin hatte sie gerade das Wichtigste im Leben, ihren Halt und ihre große Liebe verloren. Sie verharrte lange in diesem Zustand, zu lange. Sie war erst wieder zu sich gekommen, als die ehemalige Betriebsrätin, eine Frau, die schon bei der Gründung der Firma dabei war, sie besuchte und Klartext mit ihr redete. „Die Firma steht kurz vor dem Konkurs und 90% der Beschäftigten sollen entlassen werden. Deine Schwiegersöhne haben behauptet, du seist einverstanden, aber Leonore, das kannst du doch nicht machen!"

Nein, das konnte sie wirklich nicht! In dem Moment war ihr so, als habe jemand den großen schwarzen Schleier über ihrem Kopf weggezogen. Jetzt kam ihr Kampfgeist wieder zum Vorschein, aber auch die Scham darüber, wie sie das, was sie und ihr Mann mit viel Liebe und Verantwortung aufgebaut hatten, so vernachlässigen konnte.

Schon am nächsten Morgen waren die beide Schwiegersöhne abgesetzt und mit einer vertretbaren Abfindung aus der Firma entfernt. Dann hatte sie wie früher intensive Ideenkonferenzen mit den Abnehmern und auch den Beschäftigten abgehalten und eine Reihe von weitreichenden Veränderungen in Gang gesetzt, um die Firma zu retten. An die notwendige Digitalisierung der Herstellungs- und Lieferprozesse, wagte sie sich nur widerwillig. Sie konnte zwar in einem Computer alles finden, was sie suchte, wäre selbst aber niemals imstande gewesen den Einkauf und die Lieferung der Produkte auf die neuesten technischen Entwicklungen umzustellen.

Auf der Suche nach Mitarbeitern, die genau dieses Können mit-
brachten, war sie in einem IT-Ausbildungsbereich auf den dunkel-
haarigen Nick gestoßen, der damals gerade 9 Jahre alt war, aber
mit seinen Fähigkeiten in einem Erwachsenen-Kurs alle in Staunen
versetzte. Gleich als sie von seiner schwierigen Familiensituation
erfuhr, hatte sie ihn unter ihre Fittiche genommen.

Und er versetzte sie dann in die Lage, von ihrer neuen IT-Abteilung
auch das Äußerste zu verlangen. Sie lächelte unwillkürlich, als sie
an den Jungen dachte. Nick war ein anderes Kapitel, mit ihm würde
sie nachher sprechen.

Jetzt musste sie erst mal mit dieser gemeinen Androhung fertig
werden. Die machte ihr doch ziemlich zu schaffen, aber sie dachte
nicht daran nachzugeben. Sie hatte fast drei Jahre und viel intensive
Arbeit gebraucht, um die ehemalige Gewürzmühle wieder flott zu
machen. Aus der kleinen Küchenkräuterfirma war das moderne
Unternehmen „Der geheime Würztipp" entstanden, welches in der
Branche seinesgleichen suchte.

Aber kaum hatte sie es erfolgreich an zwei junge Unternehmerin-
nen verkauft, die auch die Beschäftigten übernahmen, standen die
Schwiegersöhne auf der Matte und verlangten 80% der Verkaufs-
summe als vorgezogenen Erbteil.

Bei so viel Unverschämtheit war ihr zunächst die Luft weggeblieben und ihr hatten die Worte gefehlt, um passend zu antworten.

Deswegen hatte sie die beiden einen Moment lang nur total verblüfft gemustert und gedacht: *Sie haben sich kein bisschen verändert und gehen wieder davon aus, dass ihr bequemes Leben auf
meine Kosten weitergeht. Aber irgendwann muss Schluss sein!*
Deshalb hatte sie die übliche Zurückhaltung abgelegt, die Hände in
die Hüften gestemmt und Klartext geredet.

„Von welchem Erbe sprecht ihr? Sehe ich aus, als wäre ich tot? Ihr
solltet euch vorher besser informieren. Mein Mann und ich hatten
ein Berliner Testament und danach bin ich die einzige Erbin und
das ohne Ausnahme. Und mein Erbe wird erst nach meinem Tod
fällig, das heißt vorher gibt es weder für euch noch für meine Töchter irgendwelche Anteile."

Danach war dieser boshafte Satz gefallen, der ihr nicht mehr aus
dem Kopf ging. Sicher, sie war Anfang Siebzig und würde wahrscheinlich nicht ewig leben, aber einige Jahre hätte sie gerne noch
gehabt.

Eigentlich wusste sie schon ganz genau, warum ihr diese gemeine
Androhung so viel zu schaffen machte. Sie hörte es doch ständig
von ihrer Hausärztin, dass ihr Blutdruck gefährlich hoch sei, dass
die Blutzuckerwerte an der Grenze zur Diabetes stünden und dass
sie bestimmt 20 Kilo zu viel wog. Das war sicher ernst zu nehmen,
aber machte sie das gleich zu einer Kandidatin für den nächsten
Bestatter?

Ganz bestimmt nicht! Dann stutzte sie plötzlich. Wieso wussten diese Idioten von Schwiegersöhnen eigentlich so viel über ihren Gesundheitszustand? Ja, klar, ihre Töchter gingen zur gleichen Ärztin. Und so etwas nannte sich ärztliche Schweigepflicht!

Sie schüttelte empört den Kopf. Auf jeden Fall würde sie sich sofort einen neuen Arzt suchen, der dann auch Abhilfe für die nächsten 20 Jahre schaffen könnte. Ihre Laune besserte sich sofort, als sie daran dachte, dass ihre Schwiegersöhne auch schon Mitte Fünfzig waren. Mit etwas Einsatz und guter Medizin könnte sie die beiden sogar noch überleben.

Sie packte ihre Sachen zusammen und murmelte schon ziemlich entschlossen. „Euch Vollpfosten werde ich's zeigen. Das macht ihr nicht mit mir, nicht mit Leo!"

Der letzte Spruch war ihr Schlachtruf geworden, damals als sie das Ruder wieder herumreißen musste. Wer ihr an den Karren fahren wollte, sollte wissen, dass sie immer gewappnet war und meist noch ein Ass im Ärmel hatte. Bei ihrem Schlachtruf musste sie wieder lächeln, denn das erinnerte sie an eine der ersten Begegnungen mit dem damals 9-jährigen Nick. Als sie das nach einem Telefonat wütend rief, hatte er sie mit seinen dunklen Augen fragend gemustert. „Wer ist Leo?"

„Na ich", hatte sie geantwortet.

Er musterte sie zweifelnd. „Ist Leo nicht ein Löwe?"

„Na und", hatte sie lächelnd behauptet. „Ich bin eine Löwin!"

Und genauso fühlte sie sich jetzt wieder. „Euch werde ich's zeigen!"

Sie hatte schon ganz andere Sachen gedeichselt und würde sich weder von ein paar Kilos zu viel, noch von ungünstigen Zuckerwerten aufhalten lassen. Denn eigentlich wollte sie sowieso noch viel länger gesund und leistungsfähig sein, um sich um Nick kümmern zu können, der für sie der Enkel war, den sie nie hatte Für ihn würde es sich lohnen, noch einige Jahre auf dieser Welt zu sein. Sie holte tief Luft. Genau, Nick war schon oft die Lösung ihrer Probleme gewesen oder hatte den Anstoß dazu gegeben, er würde auch für diese Sache etwas im Internet finden.

Als Nick am Nachmittag vom Unterricht kam, leuchtete die Neugier in seinen Augen. Er hing seine Schulmappe an den Haken und kam sofort zu ihr. „Wie war's Leo? Waren die neuen Eigentümerinnen zufrieden mit unserer Arbeit?"

Leonore lächelte. So eine Reaktion hätte sie sich von der eigenen Familie auch gewünscht!

„Es lief alles wunderbar, deine Apps haben sie wirklich begeistert."

„Aber du bist nicht zufrieden, haben die etwa nicht bezahlt?"

Sie musterte ihn erstaunt. Ihr Poker-Face, das sie bei allen geschäftlichen Unternehmungen perfekt beherrschte, war inzwischen schon Legende. Niemand konnte ihr Ärger, Unmut oder Überraschung ansehen, aber dieser Junge war die berühmte Ausnahme.

Sie seufzte und setzte sich zu ihm an den kleinen Esstisch in ihrer

Küche. „Ich hatte unerwarteten Besuch. Meine Herren Schwiegersöhne brauchen schon wieder Geld und verlangen 80% des Kauf-
preises als vorgezogenen Erbteil."

„Aber du hast ihnen nichts gegeben, oder?" Empört sah er sie an.

„Nein, nein, das nicht. Sie bekommen keinen Cent. Als sie das endlich eingesehen hatten, haben sie mir gedroht. Lange könnte es
nicht mehr dauern, bis sie ans Erbe kommen, so krank wie ich sei."

„Aber du bist doch nicht krank." Nick sah sie betroffen an. „Du
hast noch nie krank im Bett gelegen und es war auch noch nie ein
Arzt da."

Leonore verneinte sofort mit einer Geste. Sie kannte die ganze trau-
rige Geschichte von Nicks kleiner Schwester, die an einer unheilba-
ren Erbkrankheit litt und die gesamte Aufmerksamkeit der Mutter
einforderte. Trotzdem liebte er das kleine Mädchen und machte
sich ständig Sorgen. Deshalb beruhigte sie ihn gleich und gab sich
sicherer, als ihr zumute war. „Ich habe einige Probleme mit dem
Blutdruck, mit dem Blutzucker und dem Gewicht, das ist aber
nichts, was man nicht ändern könnte. Ich suche mir einen neuen
Arzt, der kriegt das bestimmt hin."

Nick musterte sie zweifelnd. „Aber zu hohe Zuckerwerte können
sehr gefährlich sein, sie greifen auch das Gehirn an."

Leonore stockte kurz der Atem. *Bloß das nicht*! Aber dann schob
sie die Bedenken resolut zur Seite. „Du suchst etwas Tolles im Internet, was mir schnell hilft und dann kann ich diese beiden Idioten

vielleicht noch überleben. Was hältst du davon?"

Nick strahlte sie an. „Das machen wir! Wir schaffen das gemeinsam." Er hielt ihr die Hand zum Abklatschen hin und begann listig zu grinsen. „Ich habe schon eine tolle Idee, es gibt da etwas, das nennt man Biohacking. Das solltest du unbedingt probieren. Hier sieh dir das an."

„Moment", wehrte Leonore ab, nachdem sie die Überschriften überflogen hatte. „Ich will doch keine Leistungssportlerin werden, wahrscheinlich genügen mir schon die richtigen Tabletten."

Drei Tage später wusste sie, dass das ein Irrtum war und nicht der einzige, dem sie gefolgt war. Der neue Arzt, ein relativ junger Mann, hatte sich viel Zeit für sie genommen, aber die Diagnose war nicht besser ausgefallen. Er hatte sie aufmerksam gemustert und sie dann herausgefordert. „Ich könnte Ihnen jetzt genauso viel Angst vermitteln wie meine Vorgänger, aber das wird Ihnen nicht helfen. Das Übergewicht ist gar nicht so ein großes Problem, aber ganz sicher am leichtesten zu beeinflussen, Trauen Sie sich zu 4 kg abzunehmen?"

Leonore erschien das lächerlich wenig, deshalb antwortete sie völlig überzeugt: „Natürlich!" So genau konnte sie sich zwar nicht erinnern, wann der Zeiger auf der Waage das letzte Mal nach unten gegangen war, aber sie würde das hinkriegen, wie alles andere auch.

Der Arzt lächelte skeptisch und machte sich Notizen. Dann sah er sie wieder an und betonte. „Die 4 kg sollten sie aber nicht durch Hungern verlieren, sondern durch eine gesündere Ernährung und mehr Bewegung. Das wird Sie in Ihrem Alter möglicherweise etwas überfordern, also nehmen Sie sich Zeit und erwarten Sie nicht allzu viel.“

Noch als Leonore die Arztpraxis verlassen hatte, verlieh ihr die Wut fast Flügel und sie stürmte die Straße in schnellem Tempo entlang. Was bildeten sich diese jungen Leute eigentlich ein?

Gestern noch führte sie eine Firma, die Hunderttausende wert war und heute wurde sie behandelt, als habe sie bereits ihr Gehirn abgegeben. *Das wird Sie in Ihrem Alter möglicherweise überfordern...* Noch einer, dem sie's zeigen würde! Und sie würde nicht nur 4 kg, sondern mindestens das Doppelte abnehmen!

Dann begann sie wieder ruhiger zu überlegen. Wie sollte sie das mit der gesünderen Ernährung hinkriegen? Das einfache FdH würde bestimmt nicht ausreichen. Sie müsste spezielle Rezepte finden und wissen, wie man sie richtig zubereitete. Für sich hatte sie bisher nur das Übliche gekocht, für alles andere hatte sie in der Firma exzellente Köche.

Ein Buch mit den richtigen Empfehlungen und schnell wirksamen Rezepten könnte da schon Abhilfe schaffen. Sie sah sich suchend um, aber da war keine Buchhandlung zu sehen, nur die Stadtbibliothek. „Ob die wirklich etwas Neues haben?“, murmelte Leonore zweifelnd, ging dann aber doch suchend die Gänge entlang, die ihr die Mitarbeiterin gezeigt hatte.

Noch während sie ihre Blicke aufmerksam über Bücher mit Rezepten aus aller Welt schweifen ließ, fiel hinter ihr ein Buch aus dem Regal. Die Frau am Tresen sah unwillig hoch und Leonore beeilte sich, das Buch wieder ins Regal zu stellen. Aber kaum war sie zwei Schritte weitergegangen, fiel es wieder nach unten. Sie hob es erneut auf und betrachtete es irritiert. Da war kein geheimer Mechanismus, es war ein ganz normales Buch, aber der Titel faszinierte sie. „Biohacking – für alle, die Hundert werden wollen!"

Hatte nicht Nick über so etwas gesprochen? Oder war es etwas Anderes gewesen? Sie begann zu zweifeln. Unsicher stellte sie das Buch wieder sorgfältig ins Regal, aber kaum hatte sie sich umgedreht, da fiel es ihr wieder entgegen.

„Ich glaube, dieses Buch will unbedingt zu Ihnen", lachte die Mitarbeiterin. „Sie sollten es gleich ausleihen, das scheint sehr beliebt zu sein."

Leonore betrachtete das Buch mit misstrauischen Blicken. War ihr schon jemals ein Buch regelrecht hinterhergelaufen? Gab es so etwas tatsächlich? Ein kurzer Blick ins Inhaltsverzeichnis überzeugte sie dann doch. Dieses Buch musste für sie bestimmt sein. Als sie es am Nachmittag Nick zeigte, grinste der nur erfreut.

„Das habe ich doch schon vor dir entdeckt."

Leonore schüttelte nur den Kopf, setzte dann aber nach: „Was du mir gezeigt hast, war für junge und trainierte Leute bestimmt, dieses Buch macht mehr. Es gibt unterschiedliche Tipps für bestimmte Altersphasen. Im ersten Drittel geht es bis 33, im zweiten dann bis 66 und im dritten Teil für alle zwischen 67 und 100. Und das passt haargenau zu mir. Aber was bedeutet den Biohacking überhaupt?"

Nick räusperte sich wie für eine lange Ansprache, faltete seine Hände auf dem Rücken und setzte eine ernsthafte Miene auf wie ein alter Professor. Dann grinste er sie wieder an. „Du weißt was ein Hacker ist?"

„Ja." Leonore antwortete lächelnd. „Du bist ein besonders guter, weil du in jedes Computer-System hineingelangen kannst."

„Stimmt!" Nick strahlte sie an. „Und das kann ich, weil ich die Systeme sehr gut kenne. Ein Biohacker kennt demzufolge die biologischen Systeme besonders gut und kann sie optimieren. Eigentlich sollte jeder Mensch sein Betriebssystem, also seinen Körper, gut kennen und wissen, wodurch er besser funktionieren könnte."

„Danke Herr Professor. Heißt das auch, dass ich jetzt herausfinde, wie ich das Gewicht und die Blutzuckerwerte reduzieren kann?" Sie schlug sofort das geheimnisvolle Buch auf und suchte das entsprechende Drittel, während Nick sich bereits sicher war. „Natürlich gibt es genau dafür Tipps. Lass uns nachsehen, es steht bestimmt etwas über Ernährung und Bewegung in dem Buch."

Leonore hatte nur mit halbem Ohr zugehört, weil sie immer noch blätterte und sah etwas unwillig hoch.

„Du glaubst doch nicht, dass ich in ein Fitnessstudio gehe, in meinem Alter!"

Nick grinste nur. „Das brauchst du nicht. Gibt es keine Tabatas in deinem Abschnitt?"

Leonore sah ihn entgeistert an. „Was sind denn schon wieder Tabatas?"

„Die hat ein Japaner erfunden, kleine Übungen, kurze intensive Belastungen. Sieh her, das ist doch ganz leicht zu schaffen."

Leonore studierte eingehend die knappen Schrittbewegungen einer älteren Frau auf Nicks Laptop, die dabei aber ein ziemliches Tempo vorlegte. Das könnte sie bestimmt auch, vorausgesetzt ihre Luft würde dafür ausreichen. „Muss das eigentlich so schnell sein?"

Nick sah sie von der Seite etwas ungeduldig an. „Das ist ja der Trick dabei! Das Tempo ist wichtig für den Nachbrenneffekt, hier steht, dass man auch nach dem Training immer noch Kalorien verbrennt."

„Dann mache ich das gleich morgens, das genügt dann aber auch an Bewegung."

„Schade!" Nick wandte sich ab. „Ich hatte gehofft, du könntest mir helfen, meine Ausdauer zu verbessern. Mein Sportlehrer hat schon gedroht, dass meine Note wackelt."

„Natürlich helfe ich dir, ich habe doch jetzt viel Zeit. Was sollst du denn machen? " Leonore war sofort bereit, übersah dabei aber wie so oft das listige Funkeln in Nicks Augen.

„Ich soll die Seepromenade bis zum Landungssteg laufen und dann die Zeit und den Puls notieren. Das geht besser zu zweit."

Schon am nächsten Tag umrundeten sie den See und Leonore war so mit seiner Kondition beschäftigt, dass sie fast übersah, wie schwer ihr so ein straffer Spaziergang fiel. Irgendwie hatte sie sich flinker in Erinnerung und hätte gerne geflucht, aber die Luft….

Nachdem sie an den nächsten Tagen den See zum dritten Mal umrundet hatten, musste sie nicht mehr stehenbleiben, um wieder atmen zu können. Jetzt geht es vorwärts, dachte sie erfreut und ließ sich auch durch kleine Rückschläge nicht entmutigen. Denn auch die Tabatas erwiesen sich als nicht so einfach, wie sie ihr beim ersten Zusehen erschienen waren, dennoch war Aufgeben sowieso für sie keine Option!

Nach dem ersten Tabata-Morgen war sie zwar so geschafft, dass sie einfach nur liegen bleiben wollte. Aber dann half es ihr, daran zu denken, weshalb sie sich so anstrengte. Sie würde auch vor diesem Problem nicht zurückweichen. Und auch dieser japanische Arzt mit seinen verrückten Übungen würde es nicht schaffen, sie von ihrem Ziel abzubringen. Nicht mit Leo!

Mit der Veränderung des Essens hielt sie sich noch zurück. Es war so schön, jeden Morgen ohne Zeitdruck zu frühstücken, die Zeitung zu überfliegen oder sich Gedanken über den Tag zu machen. Das

genoss sie und nahm es der Waage wirklich übel, als die schon
wieder ein Kilo mehr anzeigte. „Das muss wirklich aufhören!",
schleuderte sie der Waage schon morgens entrüstet entgegen und
befestigte als erste Maßnahme ein Foto ihrer Schwiegersöhne als
Abschreckung an der Kühlschranktür.

Dann wagte sie sich an die Tipps des Buches für das Essen, das sie
bis Hundert fithalten sollte. Sie überflog etwas gelangweilt die Hinweise. Natürlich das Übliche, viel Gemüse, kein Zucker, kein Wei-
zen, bis ihre Augen an einem Begriff hängenblieben, der sie faszinierte. Von Reishi, dem Pilz der Unsterblichkeit, hatte sie noch nie
etwas gehört, den brauchte sie unbedingt, wenn sie andere überleben wollte. Und auch einige der empfohlenen Gemüsesorten, wie
Blumenkohl, Brokkoli und besonders Brokkoli-Sprossen, die gegen
Entzündungen wirken sollten, wollte sie in ihr Programm aufnehmen, aber wie? Wer könnte denn wissen, wie man sie so zubereitete, damit sie auch den richtigen Effekt hatten?

Nach kurzem Überlegen rief sie Veronika an, die früher in ihrer
Firma als Köchin gearbeitet hatte, jetzt auch in Rente und ebenfalls
alleine war. „Ich brauche deine Hilfe."

Nachdem sie alles ausführlich erklärt hatte, war Veronika sofort bereit, in Leos Programm einzusteigen, weil sie ähnliche Probleme
hatte. „Du hast recht, das schaffen wir gemeinsam schneller. Ich
weiß genügend über gesundes Essen, aber alleine bin ich zu bequem, um mich daran zu halten. Am besten kommst du zu mir

und wir kochen gemeinsam."

Schon beim ersten Treffen verstand es Veronika hervorragend das Gemüse so schmackhaft zuzubereiten, dass Leonore sich fast dafür begeistern konnte. Natürlich behauptete sie anfangs, dass es nur durch die ausgezeichneten Würztipp-Kräuter so wunderbar schmecken würde, aber dennoch schien das Gemüse etwas zu haben, dass ihr guttat.

Nach der ersten Woche mit der neuen Ernährung stieg sie sie ganz gespannt auf die Waage und glaubte fest an ein fantastisches Ergebnis. Aber sie wurde schwer enttäuscht. Sie hatte nicht abgenommen, sondern sogar minimal zugenommen! Die erwarteten Siegesfanfaren blieben aus. Minutenlang starrte sie wütend auf die Waage und hätte sie im ersten Moment am liebsten aus dem Fenster geworfen und die ganze Sache abgeblasen.

Aber dann fiel ihr wieder der boshafte Satz ihres Schwiegersohnes ein. Nein, so schnell würde sie nicht aufgeben! Vielleicht genügte es schon, nur eine Kleinigkeit zu ändern?

Mit Argusaugen verglich sie ihre Notizen. Sie hatte doch wirklich alles richtiggemacht, da hätte sie doch auch ein exzellentes Ergebnis verdient gehabt! Sie blätterte wieder in dem geheimnisvollen Buch. Da wurde plötzlich Intervall-Fasten empfohlen, um den langsamen Stoffwechsel wieder anzukurbeln und noch ein Kaffee, der sie faszinierte. Leonore schüttelte den Kopf. Hatte das vorher schon in diesem Buch gestanden? Sie erinnerte sich nicht genau daran, war sich aber sicher, dass sie noch nie von einem kugelsicheren Kaffee gehört hatte.

Als Nick am Nachmittag aus der Schule kam, war sie bereits vorbereitet und demonstrierte ihm ihre neue Errungenschaft, die er gebührend bestaunte. „Du hast den „Bulletproof-Coffee" ausprobiert?"

„Noch nicht, ich beginne gerade damit." Sie musterte ihren Becher, eigentlich sah der Inhalt genauso aus wie ein etwas aufgeschäumter Milchkaffee. Nach dem ersten Schluck seufzte sie angenehm überrascht, wie gut dieser Kaffee schmeckte.

Nick beobachtete sie genau, während er einen Artikel im Internet überflog. „Hier steht *der neue, heiße Scheiß*. Schmeckt es auch so?" Er kicherte, war aber sofort bereit zu kosten. „Super! In diesem Artikel steht, dieser Kaffee macht so satt, dass er das Frühstück ersetzen kann."

Leonore war geschockt und blätterte rasch in ihrem Buch.

„Das betrifft besonders Leute, die es morgens eilig oder keinen Appetit haben. Beides trifft auf mich nicht zu, mein Frühstück ist mir heilig. Also werde ich den Zaubertrank erst einsetzen, wenn ich morgens Termine habe. Und heute beginne ich endlich auch mit dem Intervall-Fasten. Wenn ich nach 16.00 nichts mehr esse, reinigen sich die Zellen bis morgens ordentlich und dann ist mein Stoffwechsel keine lahme Schildkröte mehr."

Nick blätterte weiter in dem Buch. „Das ist auch cool! *Werden Sie geschmeidig wie ein Panther*, das gefällt dir bestimmt."

Sie blickte misstrauisch auf die Seite. Auch das hatte sie vorher noch nie gesehen. „Handelt es sich um junge oder alte Panther?"

Nick lachte. „Es steht in deinem Abschnitt und es geht um Yoga."

Leonore verdrehte nur die Augen und stellte sich die fürchterlichsten Verrenkungen vor. Noch etwas, was sie garantiert nicht beherrschen musste, sie wollte schließlich nur etwas länger und möglichst gesund leben.

Aber zwei Tage später stand sie nach einem kurzen Spaziergang überrascht vor einem kleinen Yogastudio mit der Ankündigung: „Werden Sie geschmeidig wie ein Panther – ein Kurs für alle, die ihre Lebenszeit verlängern wollen."

Misstrauisch sah sie sich um, wie war sie eigentlich hierhergekommen? *So viele Zufälle kann es doch gar nicht geben!*

Dann musterte sie interessiert die Kursankündigungen, holte tief Luft und meldete sich bei einer jungen Frau für den Morgenkurs an. Als sie zuhause ihre Termine eintrug, freute sie sich darüber, dass ihre Woche wieder mehr Struktur bekam. Bevor sie die Firma endgültig verkaufte, hatte sie oft befürchtet, sich später zu langweilen, denn die ständige Verfügbarkeit für das Geschäft hatte sie ein wenig vereinsamen lassen.

Deshalb war außer Nick keiner da, der nachmittags auf sie wartete. Und Nick ging nach dem Abendbrot nach Hause und übernachtete bei ihr nur, wenn die Mutter mit seiner kleinen Schwester längere

Zeit in die Klinik musste. Jetzt hatte sie schon einen festen Termin mit Veronika, an dem sie kochten und den Termin bei Miriam zum Yoga.

Es wäre bestimmt gut, noch mehr Gleichgesinnte zu finden, überlegte sie. Schließlich gab es da draußen jede Menge Übergewichtige, die alleine gegen hohe Blutzucker- und Fettwerte kämpften. Man könnte die Erfahrungen bündeln und auch kleine Ideenkonferenzen veranstalten, so wie sie es aus der Firma kannte. Manche Methoden wirkten nicht bei allen gleich und etwas gemeinsam anzugehen, half enorm beim Durchhalten.

Nach der zweiten Woche stieg Leonore mit großen Zweifeln auf die Waage, freute sich dann aber wie ein Kind über das erste verlorene Kilo. Den Gedanken, das mit einem leckeren Kuchen zu feiern, schob sie wieder in die hinterste Ecke ihres Kopfes. Obwohl ihr der Verzicht auf Süßes am Schwersten fiel, hatte sie sich fest vorgenommen, daran erst wieder nach dem vierten Abnehm-Kilo zu denken.

Als sie Veronika davon erzählte, grinste die nur amüsiert. „Dann gehen wir gemeinsam ins Café „Schokohimmel". Dort backen sie wirklich tolle Sachen, die himmlisch schmecken, aber durch Stevia, Xylit und besondere Mehle auch noch kalorienarm sind."

Wenn Leo nur daran dachte, lief ihr schon das Wasser im Mund zusammen, aber bis dahin würde sie garantiert durchhalten. Vielleicht konnte sie später herausfinden, wie man solche Kuchen selbst backen konnte. Denn dass sie bei diesem neuen Leben bleiben wollte, stand für sie schon fest. Warum sollte sie das je wieder aufgeben, da sie sich damit doch von Tag zu Tag besser fühlte?

Wenn sie jetzt morgens aufwachte, war sie viel erholter als früher und neugierig auf den Tag, vor allem, was an neuen Dingen auf sie zukommen würde.

Auch der Yogakurs war leichter als befürchtet, sie hatten anfangs viele Dehnübungen gemacht, die Muskeln ausgestrichen und die Gelenke schonend bewegt. Und niemand verlangte von ihr, die Beine hinter dem Kopf zu kreuzen. Außerdem hatte sie sich vorher schon durch diesen ganz besonderen Kaffee gestärkt und konnte den Übungen voll konzentriert viel leichter folgen.

Als besonderes Plus bewertete sie, dass sich Veronika auch beteiligte und dass sie bei diesem Kurs noch Marlene und Elvira kennenlernte, die ebenfalls Probleme mit dem Blutzucker und dem Gewicht hatten. Marlene war schon Diabetikerin und kontrollierte ihre Werte mit ihrem Handy über einen Chip am Oberarm. Das war etwas was Leonore faszinierte, worauf sie aber dennoch lieber verzichten wollte.

Beide wollte auch etwas ändern und jede hatte bestimmte Tipps, die bei ihr gewirkt hatten. Deshalb war es einfach schön, wenn sie nach den Yoga-Übungen neben dem kleinen Studio in der Sonne saßen, Tee tranken und sich austauschten. Marlene schwor auf

Walnüsse im Frühstücksmüsli und auf Ingwertee. „Damit kriegst du deinen Blutzucker garantiert runter."

Elvira schwärmte ständig vom Soleus-Push-up, einer kleinen Übung, die gezielt Fett verbrennen soll, und seitdem tänzelte auch Leonore schon am Morgen auf Zehenspitzen durch ihr Schlafzimmer. Veronika wiederum hatte gelesen, dass jemand, der eine Minute auf einem Bein stehen konnte, gute Chancen hatte, lange zu leben. Leider schaffte das bisher noch keine, aber alle vier gaben sich große Mühe, ein flottes Tempo beim Gehen beizubehalten, weil das für mehr Jugendlichkeit sprach.

Noch wusste Leonore nicht, ob das alles ausreichen würde, um ihr Ziel zu erreichen, aber sie fühlte sich dabei wirklich unverschämt gut. Dass ihr Hosenanzug schon etwas lockerer saß, war eine angenehme Beigabe, viel wichtiger war das Gefühl, auf dem richtigen Weg zu sein und den Körper wirklich zu optimieren.

Warum grämten sich so viele alleine zuhause, wenn man wirklich selbst etwas verändern konnte?

Auch ihre neuen Freundinnen teilten ihre Ansicht, als sie ihnen nach der Yogastunde in der kleinen Teestube davon erzählte.

„Man müsste nur einen Raum haben und interessierte Leute einladen", schlug Veronika vor.

Leonore nickte begeistert. „Das gefällt mir, aber wenn nur wir unsere Erfahrungen mitteilen, überzeugt das kaum jemanden. Wir brauchen richtige Experten, die das erläutern, was wir dann bestätigen können." Bei dieser Idee fühlte sich fast wieder wie früher und übernahm auch die Organisation. „Ich werde zuerst Miriam fragen, ob sie ihr Konzept erklärt. Sie kann ja damit auch Werbung für ihre Arbeit machen."

„Aber höchstens eine halbe Stunde", mahnte Elvira. „Alte Leute haben nur eine kurze Aufmerksamkeitsspanne."

„Wen meinst du mit alten Leuten?" Veronika hatte sich empört umgewandt. „Ich bin erst Siebzig und Siebzig ist schließlich die neue Fünfzig!"

„Und außerdem", bekräftigte Marlene, „ist keine Frau alt, solange sie noch ihren BH von hinten schließen kann."

„Da hast du absolut recht!" Veronika rief es wütend und hatte ehe Leo sie daran hindern konnte, ihre Bluse geöffnet und mit schnellen Bewegungen auf dem Rücken, den BH geöffnet und wieder geschlossen. Das ließ Elvira nicht auf sich sitzen.

„So ist das viel zu leicht", forderte sie die anderen heraus. Und zeigte dann, mit welcher Geschwindigkeit sie ihren BH völlig aus und wieder anziehen konnte. Triumphierend sah sie sich um. „Und natürlich hat keiner die Zeit gestoppt!"

Noch auf dem Heimweg schüttelte Leonore amüsiert den Kopf. Es hatte einen kleinen Tumult gegeben, als die Frauen plötzlich alle ihre Jugendlichkeit beweisen wollten und ihre BHs öffneten und tatsächlich auch wieder eigenhändig schlossen. Sogar die Bedienung in der Teestube und die Frauen am Nachbartisch waren von dem sportlichen Eifer angesteckt worden.

Nach Hause zurückgekehrt, überlegte Leo, wie sie an einen passenden Raum gelangen könnte. Ob sie etwas mieten sollte? Nein, viel zu kompliziert. Sie musterte ihre Wohnzimmer prüfend und hatte eine Eingebung. Wenn sie die Türen zum Arbeitszimmer, das niemand mehr brauchte, herausnehmen würde, wäre genügend Platz für eine kleine Runde.

Sie war nie jemand gewesen, der viel Geduld hatte und lange warten konnte, also hob sie die beiden Türflügel mit etwas Anstrengung selbst heraus und brachte sie zur Abstellkammer. Nachdem sie noch einige Möbel an einen neuen Platz gezogen hatte, schien ihr der Raum sehr gut geeignet als „Wohnzimmer-Akademie". Sie lächelte zufrieden über diese Bezeichnung, denn genau das wollte sie erreichen.

Ihre Begeisterung nahm auch nicht ab, als an dem ersten Nachmittag nur drei neue Gesichter auftauchten, denn jede der Frauen hatte nach Miriams Erläuterungen und Demonstrationen neue Tipps und Erfahrungen mitgebracht, die die anderen angeregt aufnahmen. Auch Leonore war mittlerweile bereit für Neues, denn die bisherigen Maßnahmen fielen ihr jetzt nicht mehr schwer. Wie oft hatte sie sich früher morgens aus dem Bett gequält oder schon beim Erwachen die ersten Rückenschmerzen verflucht?

Und jetzt war alles so leicht! Obwohl sie inzwischen erst 3 kg verloren hatte, fühlte sie sich schon, als könnte sie schweben. Und auch der Blutdruck war besser als jemals zuvor.

Noch hatte sie Luft nach oben, denn der nächste Arzttermin war noch eine Weile hin. Allerdings beunruhigten sie einige Werte schon noch. Das Gewicht und den Blutdruck konnte sie messen und auch schon ganz gut beeinflussen, das gab ihr Sicherheit. Für die Blutzuckerwerte hätte sie sich auch so eine engmaschige Kontrolle gewünscht.

Als sie Marlene ihr Leid klagte, grinste die nur. „Das ist überhaupt kein Problem. Ich muss nur vorher wissen, ob du umkippst, wenn du Blut siehst?"

Als Leonore stolz verneinte, zog Marlene ein Set aus ihrer Tasche piekte sie kurz in einen Finger und teilte ihr sofort das Ergebnis mit, das sie erleichtert aufseufzen ließ und Marlene neidisch machte. „Wie hast du das gemacht, du hast Superwerte. Die hätte ich auch gerne, denn solange ich Insulin spritzen muss, geht mein Gewicht nicht zurück."

Leonore grinste stolz. „Du brauchst Stressabbau und ein Lauftraining. Ich höre mich um, ob ich jemand finde, der darüber in unserer „Wohnzimmer-Akademie" sprechen kann."

Zu diesem Thema kamen bereits sechs neue Interessierte, vielleicht auch wegen des gut gebauten Mannes, der als Fitness-Coach in der

ganzen Stadt bekannt war. Elvira hatte ihn empfohlen und Leo zu-
geraunt: „Patrick gehörte zu den Männern, die vom Universum gut
bedacht wurden, die einfach alles haben, er ist groß, sportlich, sieht
verdammt gut aus und ist zudem noch der personifizierte Charme.
Der überzeugt sogar ein Faultier!"

Von seinen Anregungen völlig überzeugt schlossen sich Veronika,
Elvira, Marlene und zwei weitere Frauen bereits am nächsten Tag
dem Lauftraining an, das um den See herumführte.

Als sie die anderen schnaufen hörte, erinnerte sich Leonore lächelnd an die stummen Flüche, die ihr erstes Training begleitet hatten. Wie leicht ihr jetzt das Laufen fiel! Und zu wissen, dass sie damit vielem entkommen konnte, was mit Krankheit und Schmerzen
zu tun hatte, war ein tolles Gefühl.

Das geheimnisvolle Buch war wirklich eine gute Wahl gewesen
und sie hatte bisher alles berücksichtigt, was für ihre Altersgruppe
vorgesehen war. Bevor sie es zurückbrachte, überflog sie es noch
einmal und nickte zufrieden. Erstaunlicherweise hatte es sich auch
nicht mehr verändert, also war es wirklich Zeit, es wieder an andere
weiter zu geben, denen es helfen würde.

Als das vierte Abnehm-Kilo gefeiert wurde, traf sich Leonores
Gruppe endlich im Café „Schokohimmel" und sie war so begeistert
von dem Geschmack und der Leichtigkeit der Kuchen, dass sie die
Inhaberin so lange bekniete, bis sie eine ihre Gewürzpackungen gegen drei Rezepte tauschen konnte.

Die testete sie zuhause mit viel Begeisterung so lange, bis sie Wochen später zu ihrem Geburtstag, den sie mit Nick und ihrer Gruppe feierte, die erste gut gelungene kalorienarme Eigenkreation präsentieren konnte.

Alle saßen am großen runden Tisch im Garten und schwärmten von ihren Ergebnissen. Leonore genoss es zum drittenMal zu erzählen, wie ihrem neuen Hausarzt die Gesichtszüge entglitten waren, als er feststellte, dass sie sechs Kilos verloren hatte, ganz zu schweigen von den fantastischen Blutwerten. Auch die anderen hatten Erfolge zu berichten. Marlene war gerade dabei die Spritzen abzusetzen und Veronika und Elvira ließen sich in Kleidern feiern, die vor 10 Jahren zuletzt gepasst hatten. Nick lauschte aufmerksam den lockeren Späßen der Frauen und war glücklich, dass er seine Leo nicht verlieren würde.

Als es klingelte vermutete Leonore die Post, die etwas für die Nachbarin abgeben wollte, als sie öffnete stand sie jedoch ihrer Tochter Gloria gegenüber. „Ach Mum, ich muss dir vieles abbitten. Wir haben uns unmöglich benommen. Michael tut es auch sehr leid. Ich wollte nicht, dass du an deinem Geburtstag alleine bist. Alles Gute für dich!"

Mit verlegenem Gesicht drückte sie ihr einen hübschen Strauß mit gelben Rosen in die Hand. Leonore war überrascht, damit hatte sie nicht gerechnet und ihre Tochter so einsichtig zu erleben, das war auch neu. Sie kämpfte mit ihren Gefühlen und hatte sie am liebsten gleich in die Arme gezogen, hielt sich aber zurück.

„Ich bin nicht allein, ich habe Gäste, die im Garten sitzen. Aber komm erst mal ins Zimmer und erzähl mir, wie es dir geht."

„Du siehst wirklich gut aus, Mum, viel jünger und du hast abgenommen!" Gloria sah Leo bewundernd an und setzte sich dann in den Sessel am Fenster. Leonore hatte beiden einen Becher ihrer neuen Fruchtbowle eingegossen und fragte dann vorsichtig: „Wie geht es dir?"

Gloria knetete nervös ihre Hände. „Michael hat vor zwei Monaten die Firma seiner Eltern übernommen und seitdem arbeiten wir beide dort. Jetzt kann ich wirklich nachempfinden, was du damals geleistet hast und wie undankbar wir waren. Es tut mir so leid."

„Kommt ihr gut zurecht?" Leonore war doch etwas besorgt, aber Gloria lächelte stolz. „Es läuft tatsächlich gut, aber es bleibt natürlich wenig Zeit, deswegen muss ich auch gleich weiter."

„Und deine Schwester?"

Gloria stöhnte. „Sie lassen sich scheiden. Manuela hat einen Neuen und Martin jammert ständig über irgendwelche Wehwehchen. Wir haben kaum Kontakt, weil sie findet, dass wir viel zu viel arbeiten würden und sie habe andere Interessen. Ich hoffe, sie wird es irgendwann noch lernen, denn ich bin mit dem, was wir jetzt machen völlig zufrieden."

„Das freut mich sehr, Kind. Kommt doch mal an einem Wochenende zum Essen, ich möchte mehr darüber hören." Und dann musste sie die wiedergefundene Tochter doch noch umarmen. Auch als sie wieder zu ihrer neuen „Familie" kam, war sie noch voller Freude. Nicht, dass sie ihrem Ex-Schwiegersohn Schmerzen gewünscht hätte, aber ein wenig schadenfroh konnte sie schon sein. Sie war jetzt vermutlich gesünder als er, weil sie nie aufgegeben hatte. Wie konnte ein wirklich boshafter Satz zu einem so großen Glück führen? Dann zuckte sie mit den Schultern. Das waren Fragen, mit denen sich die Philosophen oder das Universum herumschlagen konnten. Ihr ging es hervorragend und so würde es bleiben.

Eine neue Chance

„Das Programm gegen Jugendschwund"

Helen Schneider betrachtete überrascht die Anzeige in einem Glaskasten. Ziemlich altmodisch, wer machte denn heute noch so etwas? Im Grunde geht doch gar nichts mehr ohne Internet, dachte
sie amüsiert. Aber dennoch war ihr diese Ankündigung sofort auf-
gefallen. Ein Programm gegen den Jugendschwund wäre sicher etwas, was sie in ihrer Situation sehr gut gebrauchen könnte.

Sie strich sich über ihre dunkelblonden Haare, die sie aus Zeitgrün-
den in einem kurzen Pixie-Schnitt trug. Zum Frisör müsste ich auch
mal wieder, machte sie sich eine Notiz für ihren Hinterkopf.

Dann konzentrierte sie sich wieder auf die Anzeige. Die zehn Vorträge, die sich auf die Vermeidung des Jugendschwundes richteten,
waren eigentlich für 60-jährige gedacht, aber schließlich konnte
man nicht früh genug anfangen, oder?

Wenn sie sich so mies und erschöpft, wie sie sich zurzeit fühlte, irgendwo vorstellen würde, hätte sie schlechte Karten, trotz ihrer 55
Jahre. Die häufigen Nachtdienste machten sich halt bemerkbar und
dennoch war sie gerne Krankenschwester gewesen und konnte
überhaupt nicht nachvollziehen, wieso ihr Krankenhaus plötzlich
einfach geschlossen wurde. Natürlich gab es bereits seit Jahren
große finanzielle Probleme, das wusste sie schon lange und die Klinik im Norden der Stadt war viel moderner und auf kompliziertere

Operationen eingestellt. Ihr Stationsarzt hätte sie auch gerne dort wieder im Nachtdienst eingesetzt, aber Helen graute vor der Fahrzeit. Jeden Tag mehr als zwei Stunden mit der Bahn unterwegs zu sein, nur um zur Arbeit und wieder nachhause zu kommen, war einfach zu viel. Vor allem nach dem Nachtdienst, wollte sie immer so schnell wie möglich wieder in ihre vier Wände. Außerdem war der Nahverkehr häufig sehr unzuverlässig und das schloss die Pünktlichkeit aus, die man für die Arbeit in einem Krankenhaus brauchte.

Schweren Herzens hatte sie daher einem Aufhebungsvertrag zugestimmt und hoffte mit der Sicherheit der Abfindung im Rücken, schnell etwas Neues zu finden. Und wenn sie dafür etwas jugendlicher wirken könnte, warum nicht?

Sie blickte über das Grundstück hinter dem Glaskasten, sah das große, weiße Haus, an das sich ein langgestreckter Flachbau anschloss, den See dahinter konnte man nur erahnen. Aber die Atmosphäre erschien ihr irgendwie entspannt, heiter und gelassen. Vielleicht lag es an den Frühlingsblumen, die wunderschöne Farbtupfer auf dem grünen Rasen bildeten. Aber eventuell noch mehr an dem Schild, auf dem „Willkommen bei den Silver Girls - Treffpunkt für Junggebliebene" stand.

Die zwei Frauen, die sich im Eingangsbereich unterhielten, musterte sie verblüfft. *Die sollten wirklich schon Siebzig sein?*

Das hatte ihr eine Kollegin glaubhaft versichert, aber so wie die aussahen, war das doch kaum möglich! *Aber wenn doch*, flüsterte eine Stimme in ihrem Hinterkopf, *dann bist du hier genau richtig.*

Eine der Frauen, mit leuchtend roten Haaren, die auf ihrem Kopf aufgetürmt waren, wandte sich ihr lächelnd zu. „Ich bin Annie, du interessierst dich sicher für unsere Vorträge?"

„Naja, ich habe das Gefühl, dass ein großer Teil meiner Jugendlichkeit schon geschwunden ist und ich eine Runderneuerung brauche, auch wenn ich erst 55 bin. Ich habe lange Zeit Nachtdienst im Krankenhaus gemacht, das ist nicht zu übersehen."

Annie nickte verständnisvoll. „Ich habe auch viele Jahre im Krankenhaus gearbeitet und kann das nachfühlen. Im aktuellen Kurs, der morgen beginnt, sind schon zwei Frauen, die eine ähnliche Ausbildung haben, eine Physiotherapeutin und eine Altenpflegerin. Wenn du möchtest, mache ich euch gerne bekannt, das erleichtert oft das Durchhalten, Schließlich besprechen wir die Punkte unseres Programms sehr ausführlich und erwarten natürlich auch, dass ihr entsprechend mitwirkt."

Sie reichte Helen ein Blatt, auf dem die Themen detaillierter aufgelistet waren. Helen überflog sie kurz und ihr Blick blieb schon am zweiten Punkt hängen: *Finanzielle Sicherheit schaffen.* Das war etwas, was für sie an erster Stelle stand. Sie brauchte einen stabilen Job oder etwas Ähnliches für noch mindestens zwölf Jahre. Interessant schienen ihr auch andere Punkte, wie *Ballast abwerfen* oder *körperliche und geistige Fitness trainieren.* Bis zum vorletzten

Punkt *Sich pflegen und verwöhnen,* war sie noch gar nicht gekommen, als sie schon rief: „Bei euch bin ich genau richtig! Ich brauche alles, von oben bis unten. Wo kann ich mich anmelden?"

Am nächsten Abend saß sie höchst konzentriert in einem Vortrag zum ersten Thema: *Die Ernährung auf den altersgerechten Bedarf umstellen,* den Annie selbst hielt. Vorher hatte sie sie mit Sandra und Denise bekanntgemacht, mit denen sie jetzt an einem Tisch saß. Sandra, die groß und kräftig und Anfang Sechzig war, hatte ihr nur zugeflüstert, dass sie Altenpflegerin auf Arbeitssuche sei und auf der schwarzen Liste stehen würde.

Denise, die Physiotherapeutin, war eher klein, zierlich und offensichtlich sehr zurückhaltend. Sie hatte nur lächelnd gegrüßt und sich dann ihrem Block gewidmet, auf dem sie vermutlich alles Wichtige notieren würde.

Obwohl Helens Gedanken immer noch um das Finden eines Jobs kreisten, bemühte sie sich doch aufmerksam zuzuhören. Annie erläuterte gerade, dass es in jedem Alter einen unterschiedlichen Bedarf an bestimmten Proteinen, Fettsäuren, Vitaminen, Mineralstoffen und Spurenelementen gäbe, dem die Nahrung angepasst werden müsste, damit alle notwendigen Erneuerungs- und Reparaturprozesse im Körper optimal ablaufen könnten. Als sie ihre Prinzipien mit Anfangsbuchstaben erklärte, die das Wort LOVE bildeten, musste Helen schmunzeln. Das konnte sie sich gut merken, denn auf diesem Gebiet hatte sie wirklich großes Glück gehabt. In Julian hatte sie sich bereits mit Sechzehn verliebt und er war immer noch ihre große Liebe. Mit Achtzehn hatten sie geheiratet und bis heute wollte sie davon keinen einzigen Tag missen. Er war immer ihr Halt und ihre Stütze gewesen, hatte sich an der Erziehung der zwei Kinder und im Haushalt genauso beteiligt wie sie auch. Und er sah immer noch so gut aus, dass sie von ihren Kolleginnen sehr oft beneidet wurde, wenn er sie abholte.

Sie blickte zu ihrer Tischnachbarin, Denise schien dieses Wortspiel eher traurig zu machen und auch für Sandra war das Thema wenig interessant.

Als die Frauen später auf dem Heimweg gemeinsam in Richtung der kleinen City in der Nähe gingen, wandte sich Helen direkt an Sandra. „Was hast du vorhin mit der schwarzen Liste gemeint?"

Sandra atmete tief ein, um sich ganz bewusst zu beruhigen. „Ich rege mich bei diesem Thema jedes Mal auf, deshalb muss ich immer erst meine Atemübungen machen. Vermutlich habe ich einigen Chefs zu oft auf die Füße getreten, solchen, die an der Altenpflege nur kräftig verdienen wollen. Nach der dritten Kündigung stellt mich keiner mehr ein. Überall wo ich mich bewerbe, bekomme ich nur ein Kopfschütteln, obwohl Leute gesucht werden. Also muss ich vermutlich was Anderes finden. Nur Bürgergeld ist mir zu wenig, ich will arbeiten."

Helen nickte. „Das trifft mich wahrscheinlich auch. Ich war wirklich gerne Krankenschwester, aber seitdem hier das Krankenhaus geschlossen wurde, gibt es nur noch die große Klinik im Norden, die Personal sucht und da ist mir der Weg einfach zu lang. Ich habe mich bei einigen niedergelassenen Ärzten beworben, aber zurzeit wird niemand gebraucht oder sie trauen es mir wegen des Alters nicht zu."

„Da geht es dir wie mir. Ich bin letzte Woche gleich zweimal abgelehnt worden", warf Denise ein. „Ich bin angeblich körperlich nicht ausreichend belastbar, obwohl ich 25 Jahre als Physiotherapeutin gearbeitet und viele Massagen verabreicht habe."

„Und warum machst du das jetzt nicht mehr?" Sandra warf ihr fragende Blicke zu.

„Das ist eine lange Geschichte", begann Denise und zeigte auf ein kleines Café auf der linken Seite. „Ich habe es nicht eilig. Wenn ihr Lust auf eine Weinschorle habt, erzähle ich sie euch."

Nachdem Helen ihrem Mann die Nachricht geschickt hatte, dass es später würde, nahmen sie in einer Nische des Lokals Platz und Denise begann stockend zu erzählen. „Eigentlich ist es das übliche, was vermutlich viele Frauen irgendwann trifft und auch der Grund, warum ich etwas gegen den Jugendschwund tun wollte. Wir führten gemeinsam fast dreißig Jahre eine große Praxis, die sehr gut lief, mein Mann und ich. Ich habe ständig was Neues dazu gelernt, auch auf dem Gebiet der Naturheilverfahren. Das kam sowohl den

Patienten, als auch den Selbstzahlern zugute. Es lief fantastisch. Ihr könnt euch vielleicht vorstellen, dass eine Physiotherapie heute anders aussehen muss, als vor einigen Jahren. Man muss ständig speziellere Verfahren anbieten, sonst bleiben die zahlenden Klienten aus. Deshalb habe ich meinen Mann ständig gedrängt, sich auch endlich Neues anzueignen. Das hätte ich besser gelassen, denn irgendwann ging er dann doch zu einem Kurs und lernte dort die Frau kennen, auf die er schon sein ganzes Leben gewartet hat. Das behauptet er jedenfalls."

Sie sah zu Boden und Helen drückte ihr tröstend die Hand. „Dann hat er sich vermutlich scheiden lassen?"

„Natürlich, er hatte ja keine Verwendung mehr für mich und eine Jüngere, die sofort einsteigen konnte. Allerding konnte er mich nicht entlassen, ich war ja schließlich Miteigentümerin der Praxis. Aber er schaffte es, sich im Eilverfahren scheiden lassen und hätte mich ganz sicher auch noch beim Vermögensausgleich über den Tisch gezogen, wenn ich nicht so eine gute Anwältin hätte."

„Von der hätte ich gerne die Telefonnummer", rief Sandra. „Ich müsste auch noch einige Sachen klären. Es tut richtig gut, mal mit jemandem zu reden, der auch von solchem Mist betroffen ist. Das Beste wäre nie wieder Chefs zu haben."

„So einfach ist das nicht." Denise schüttelte den Kopf so entschieden, dass ihre seidigen, nussbraunen Haare um das schmale Gesicht schwangen. „Ich habe etwas Geld retten können und wollte eigentlich wieder eine eigene Praxis eröffnen. Ich habe auch schon einen Business-Plan, aber dann fange ich wieder bei null an, habe Rieseninvestitionen und ständig Ärger mit den Krankenkassen. Das wollte ich eigentlich vermeiden und mir einfach nur einen Job suchen. Leider sind wir in unserem Alter kaum noch vermittelbar. Die meisten Chefs hätten am liebsten gutaussehende Dreißigjährige mit vierzigjähriger Berufserfahrung."

Helen lachte und prostete ihr zu. „Und das spricht doch eigentlich dafür, was Eigenes aufzubauen. Alleine würde ich mir das natürlich nicht zutrauen, aber, wenn wir mehrere wären, das wäre nicht so furchteinflößend, also warum nicht? Wir müssten nur etwas finden, was gut für uns alle geeignet ist. Bis jetzt habe ich noch keine Idee, aber so ein untrügliches Gefühl, dass das die Lösung für uns sein könnte. Mädels, lasst uns das im Hinterkopf behalten. Vielleicht haben ja die Silver Girls noch gute Hinweise in petto."

In der folgenden Woche war Helen deutlich zu früh an dem weißen Haus, so dass sie vor dem Vortrag noch durch den kleinen Park in der Nähe spazierte. Sie bewunderte die großen alten Bäume und die ersten blühenden Büsche und beäugte ein wenig neugierig die vier Blocks mit sechs Etagen, in denen ausschließlich alleinstehende Seniorinnen und Senioren wohnen sollten. Ganz offensichtlich schien das nicht so eine Art Schlafstadt zu sein, wie sie vermutet hatte, denn sie sah Sportplätze in Richtung See, die eifrig von Älteren genutzt wurden, während seitlich einige mit der Pflege der Außenanlagen beschäftigt waren. So könnte ich mir das auch vorstellen, wenn Julian und ich nicht mehr alleine klarkommen, dachte Helen. Aber dann fiel ihr ein, dass hier Alleinstehende wohnten und an so etwas wollte sie gar nicht denken.

Sie setzte sich auf eine Bank und wälzte wieder die gleichen Gedanken, wie in den Tagen vorher. *Wo könnte ich endlich einen guten Job finden? Wer könnte mir helfen? Wer kennt Möglichkeiten, an die ich noch nicht gedacht habe?* Sie musste sehr in Gedanken versunken gewesen sein, dachte sie, als sie plötzlich aufblickte und bemerkte, dass ein älterer Mann mit weißen Haaren neben ihr saß. Er lächelte ihr zu. „Ich wollte sie nicht beim Nachdenken stören, aber ich habe höflich gefragt, ob ich Platz nehmen darf und sie haben genickt."

Helen betrachtete ihn etwas irritiert. Es war eindeutig ein alter Mann mit üppigen weißen Haaren, aber er wirkte viel jünger und agiler. Was sie am meisten erstaunte, waren die leuchtend blauen Augen, die sie sehr interessiert anblickten und der kleine goldene Ring im Ohr. Wer trug denn so etwas? Sie schüttelte über ihre Gedanken innerlich den Kopf. Vielleicht war er ja Künstler oder Artist gewesen, aber das war schließlich seine Angelegenheit. Sie war auch kein wandelndes Modejournal.

Deshalb lächelte sie freundlich. „Es tut mir leid, dass ich so unhöflich war, aber ich war in Gedanken. Ich bin auf Jobsuche und da kann man selten abschalten, weil das Ganze viel schwieriger geworden ist, seitdem das Krankenhaus in der Südstadt geschlossen wurde und viele auf der Suche sind."

Er nickte ernsthaft. „Ich habe davon gehört. In das Hauptgebäude soll wohl bald eine Fachschule für medizinische Berufe einziehen. Nur mit dem Nebengebäude hat es wohl nicht geklappt."

Helen war plötzlich hellwach, wusste aber eigentlich nicht wieso.

„Was war denn mit der Isolierstation?"

„Soweit ich weiß, wollte dort jemand eine Kurzzeitpflege einrichten, hat es sich dann aber wieder anders überlegt, obwohl das bestimmt gebraucht würde und die Ausstattung aus dem Krankenhaus sehr preiswert zu haben ist."

Helen saß einen Moment wie erstarrt, dann begann ihr Herz aufgeregt zu klopfen. *Wieso bin ich nicht auf so eine Super-Idee gekommen? Das wäre doch eine Möglichkeit für uns alle drei!*

Natürlich müsste sie jetzt gleich mit den anderen reden und herausfinden, ob das wirklich eine echte Chance für sie alle sein könnte.

Aber vorher verabschiedete sie sich freundlich von dem alten Herrn. Schließlich verdankte sie ihm diese zündende Idee.

Dann eilte sie zum Treffpunkt. Gutes Timing, dachte sie als sie Denise und Sandra auch etwas früher kommen sah. Sie winkte ihnen aufgeregt. „Ich habe eine tolle Idee!"

Sie hatte sich kaum mit den beiden an ihren Tisch gesetzt und ihre Idee formuliert, als Sandra Denise zunickte, zu Helens Vorschlag jedoch abwinkte. „Kurzzeitpflege haben wir beide gerade diskutiert, eine gute Idee, aber dazu brauchten wir ein Haus, in Wohnungen ist das nicht gestattet."

Helen grinste. „Und wenn wir ein Haus hätten? Die ehemalige Isolierstation im Krankenhaus ist zurzeit noch frei. In das große Gebäude zieht eine Fachschule für medizinische Berufe, aber das kleinere Haus kann auch über den Seiteneingang genutzt werden. Wir könnten ambulante und stationäre Pflege anbieten."

„Und das zahlen die Kranken- und Pflegekassen auch", überlegte Sandra. „Das wäre für viele Familien eine Erleichterung, wenn sie auch mal in Urlaub fahren können und die Pflegeperson gut untergebracht ist."

Denise hatte sich schon Notizen gemacht. „Wenn wir es geschickt anfangen, könnten wir auch die Nachsorge nach den Operationen übernehmen, die in der Klinik im Norden gemacht werden. Dann brauchten die Angehörigen nicht so weit zu fahren und das dortige Krankenhaus wäre auch entlastet."

Helen strahlte beide an. „Wir müssen das alles noch einmal genau durchgehen, aber ich finde die Idee fantastisch. Machen wir einen auf Geschäftsfrau!"

„Aber das Geld? Dafür brauchen wir bestimmt ziemlich viel", erinnerte Sandra, obwohl ihr die Sache auch sehr gut gefiel.

„Wie sagt man so schön: Wer etwas will, findet Wege, wer etwas nicht will, findet Ausreden." Denise grinste verwegen. „Natürlich müssten wir zuerst klären, ob das Gebäude verkauft oder vermietet wird. Für den Kauf brauchten wir dann vermutlich einen Kredit und bestimmt auch für die notwendige Ausstattung."

„Aber, wenn wir schnell sind", rief Helen aufgeregt, „dann können wir sehr viel von dem Mobiliar und den Geräten im Haupthaus übernehmen, das wird zurzeit fast verschleudert. Dann brauchen wir nur noch Klempner, Elektriker und Maler für die Räume."

„Die letzten Aufgaben könnten meine Söhne übernehmen", schlug Sandra sofort vor, „die sind vom Fach. Und das wäre dann mein Beitrag, denn Geld ist bei mir eher knapp."

„Am besten sehen wir uns gleich morgen Nachmittag die Sache vor Ort an, ich versuche den Verantwortlichen vorher telefonisch zu erreichen, damit wir nicht vor verschlossenen Türen stehen." Helen machte sich gleich eine Notiz.

Dann konzentrierten sie sich wieder voll auf den Vortrag von Karla, der sich an diesem Abend damit beschäftigte, wie man sich für das Rentenalter einen dauerhaften Geldregen schaffen könnte. Dazu gab es überzeugende Tipps für Einsparungen im Haushalt und für zusätzliche Nebentätigkeiten, die so gut waren, dass bei den dreien die Stifte fast glühten.

„Da ist so viel dabei, was wir bis zu unserem Projekt schon machen können, einfach toll!" Helen flüsterte das den anderen zu und die nickten ebenso begeistert wie sie.

Am nächsten Nachmittag traf Helen als erste am Krankenhaus ein.

Sie betrachtete das alte Gebäude mit etwas Wehmut, schließlich hatte sie hier schon ihre Ausbildung gemacht und die längste Zeit ihres Berufslebens gearbeitet. Aber jetzt sah es völlig anders aus, eher wie ein altes ausgesondertes Möbelstück, das noch tolle Erinnerungen birgt, aber sonst einfach nicht mehr passt.

Allerdings gab es schon eine große Hinweistafel, die zeigte, wie die neue Fachschule einmal aussehen sollte. Das könnte eine attraktive Nachbarschaft werden, dachte Helen, ehe sie sich der ehemaligen Isolierstation zuwandte. in der sie sich ihre Zukunft bereits bildlich vorstellen konnte.

Natürlich müsste unbedingt ein neuer Außenanstrich sein, aber die Wege und der Außenbereich waren noch völlig in Ordnung, hoffentlich traf das auch auf das Innere zu. Sie winkte dem früheren Verwaltungsleiter zu, bei dem sie sich angemeldet hatte und sah auch zufrieden, dass ihre neuen Freundinnen bereits heraneilten.

Schon im ersten Raum, der viel größer und heller als erwartet war, breitete Helen ihre Arme aus, drehte sich einmal im Kreis und rief.

„Mädels, das hier riecht nach Zukunft, nach unserer Zukunft!"

Die anderen lachten, waren aber auch sehr angetan von der Größe und dem guten Zustand der Räume. Die kleine Küche und auch die Duschen dagegen entsprachen so gar nicht ihren Vorstellungen.

„Wir brauchen mindestens zwei Wannen mit Lifter und außerdem sichere Duschen", notierte Helen. „Aber das wird mein Mann übernehmen, der ist auch vom Fach."

Nachdem sie schließlich jede Ecke des Hauses ausgiebig begutachtet hatten, händigte ihnen der Verwaltungsleiter ein Exemplar des Kaufvertrages aus, den Denise noch mit ihrer Anwältin und Notarin genauer besprechen wollte. Gerade als sie das Gelände wieder verließen, ging ein schneller Frühlingsschauer nieder, vor dem sie sich in den Lesesaal der nahegelegenen Bibliothek flüchteten.

„Ist der Regen jetzt ein gutes oder schlechtes Omen für uns?"

Helen setzte sich an einen der Tische und versuchte wieder zu Atem zu kommen, während Sandra am Automaten heißen Tee für alle organisierte.

„Ein gutes natürlich, das würde ich glatt bejahen", griente Denise und zeigte ihnen die Passage mit dem Kaufpreis. „Das ist für uns die entscheidende Stelle."

Helen sah schockiert auf die Summe. „Noch kann ich deinen Optimismus nicht nachvollziehen. Das ist ziemlich viel. Und ich habe gehört, dass man ab einem bestimmten Alter kaum noch Kredite von der Bank bekommt."

Denise nickte. „Das habe ich auch gehört, deshalb war ich sicherheitshalber schon heute früh bei meiner Bank, immer noch die gleiche wie früher, mein Ex musste wechseln. Leider war meine Bekannte nicht da, aber mich hat ein sehr netter junger Mann beraten.

Es gibt nur für kurze Zeit einen besonderen Kredit für ältere Existenzgründer, der würde sagenhaft zu unserem Anliegen passen und ist für uns auch finanzierbar. Inzwischen habe ich meinen Business-Plan mit Blick auf unser Treffen schon versuchsweise für uns alle angepasst, weil es ja schnell gehen muss."

Sie zeigte den anderen ihre Beispielrechnung und sah zufrieden in ihre erstaunten Gesichter. „So habe ich auch geguckt, weil das einfach toll ist. Der junge Mann war sehr gut informiert und hat mich ausgezeichnet beraten. Obwohl ich immer dachte, Banker müssten konservativ gekleidet sein, aber der hatte wilde Locken und einen Ring im Ohr."

Helen schaute sie irritiert an, sie hatte auch einen Mann mit Ring im Ohr getroffen, der sehr hilfreich war, aber das war ja ein alter Mann gewesen. Dann zuckte sie mit den Schultern, vielleicht waren die Ringe ja ein neuer Trend.

Nachdem die Anwältin grünes Licht gab, die notwendigen Veränderungen eingearbeitet waren und der Kredit bewilligt war, unterschrieben die drei nach langen Wochen des Wartens den Kaufvertrag und nahmen am nächsten Tag das Gebäude in Besitz, das ihre Zukunft bedeuten würde.

Inzwischen war die Vortragsreihe im „Treffpunkt für Junggebliebene" längst beendet, aber sie hatten die Tipps und Hinweise aus den Vorträgen der Silver Girls gut genutzt, um die notwendigen finanziellen Reserven anzulegen, sich aber auch eine bessere sportliche Kondition zu verschaffen. Auch alles, was sie über altersgerechte Ernährung, Pflege und empathisches Miteinander gelernt hatten, würde ihren künftigen Klientinnen und Klienten zugutekommen.

Selbstverständlich war auch die Planung für die Arbeiten in den Zimmern und den Nebenräumen schon vorbereitet, als sie an einem Wochenende Freunde und Familie zu einer Arbeitsparty einluden.

Helen brachte ihren Mann und ihren Schwager mit und Denise eine Freundin und ihren Bruder. Sandras Schwester rückte bereits mit einem großen Picknickkorb an, der aber noch bis zur Pause zurückgestellt wurde.

Nachdem sie das Gebäude geräumt und alles Verwertbare gelagert hatten, kamen Sandras Söhne dazu. Erik, dem Elektriker, der sich um die Leitungen in den Behandlungszimmern kümmerte, schloss sich der Bruder von Denise an, der sich vor allem mit der kleinen Küche beschäftigte.

Helens Mann Julian passte gemeinsam mit seinem Bruder die Wasserleitungen an die neuen Anforderungen an und würde später auch die Duschen neu fliesen. In der gleichen Zeit begannen die Frauen unter Anleitung von Leif, Sandras zweitem Sohn, bereits Decken und Wände zu streichen, Türen zu lackieren oder die Fenster zu putzen. Bei der Arbeit wurde gesungen, gelacht und manchmal auch gerätselt, wieso plötzlich alles so gut lief, als hätte jemand die Fäden in der Hand, der ihnen eine große Freude machen wollte.

Vor allem Sandra, die bisher nur schlechte Erfahrungen kannte und geschworen hätte, dass es das Leben niemals gut mit ihr meinte, erzählte den anderen erstaunt, dass sie kurz vorher doch noch eine Abfindung ihres letzten Arbeitgebers erhalten habe.

„Ich hatte bisher nie das, was andere als Glück bezeichnen, na ja, meine Söhne vielleicht, aber ihr versteht was ich meine. Bisher ging nie etwas so mühelos für mich über die Bühne wie dieses neue Projekt. Hoffentlich kommt nicht noch etwas nach."

Eine Sache verschwieg sie den anderen doch, weil sie immer noch darüber nachdachte, was es zu bedeuten habe. Als sie mit Leif unterwegs war, um Farbe zu kaufen, waren sie ganz unerwartet auf ein außergewöhnlich günstiges Angebot gestoßen, weil ein Mann sie darauf aufmerksam gemacht hatte, der einen Ring im Ohr trug. Schon wieder ein Mann mit Ring im Ohr, überlegte sie. Hatte nicht Denise von einem jungen Banker mit Ring im Ohr erzählt? Aber dieser Mann hatte zwar schöne blaue Augen, sah aber sonst eher aus wie der Model-Trainer Bruce Darnell, für den Sandra heimlich schwärmte. Das konnte ja nicht der gleiche Lockenkopf wie in der Bank sein. Natürlich nicht! Sie schüttelte irritiert den Kopf, solche geheimnisvollen Dinge passierten nur anderen, ihr garantiert nicht. Bei ihr kamen niemals nachts die kleinen Heinzelmännchen und erledigten die liegengebliebene Arbeit!

Aber bei diesem Projekt war eben vieles anders. Hier saßen alle nach der Arbeit noch zusammen, um den Picknickkorb zu leeren und das Putengulasch zu genießen, das der Bruder von Denise aus seiner Rathaus-Kantine anliefern ließ.

Obwohl sie viel Hilfe und Unterstützung erhielten, dauerte es doch noch einige Wochen bis das Gebäude endlich fertig renoviert war und in neuem Glanz erstrahlte. Es war schon Frühsommer als Helen endlich mit Denise und Sandra vor dem Eingang stand und stolz feststellte: „Ja, so muss ein Kurzzeitpflege-Zentrum aussehen!"

Die Beschaffung der medizinischen Geräte dauerte noch etwas länger, aber war fast schneller geschafft als die notwendigen Versorgungsverträge mit den Kranken- und Pflegekassen. Gerade das waren die Momente, in denen es ihnen wirklich gelang, nicht aufzugeben, zusammenzuhalten und sich Mut zu machen, auch wenn regelmäßig eine von ihnen die Nerven verlor und ihrem Unmut Luft machte.

„Diese Bürokratie bringt mich noch um", schimpfte Helen. „Ich verstehe ja, dass man eine solche Vereinbarungen gründlich prüfen muss, aber irgendwann muss man auch mal entscheiden."

„Reg dich ab", grinste Denise. „Mit den Bürokraten ist es wie mit Jeans, an den entscheidenden Stellen sitzen immer Nieten!"

Oder Sandra stöhnte haareraufend nach der dritten Rückfrage zu den Verpflegungsmöglichkeiten: „Manche Menschen hörst du sprechen und dir wird sofort klar, die haben ihre Schnürsenkel heute nicht selbst gebunden." Wenn Helen und Denise dann lachten, schien die Welt wieder in Ordnung.

Aber dann war mit viel Geduld, Zähigkeit und Entschlossenheit irgendwann doch der Zeitpunkt erreicht, wo sie die Eröffnungsfeier planten und bereits prüften, alles was Rang und Namen hatte einzuladen, um sich einen guten Start zu sichern. Das war auch die Zeit, um sich an alle Tipps und Tricks der Silver Girls zu erinnern, um vor Vertragspartnern und Gästen nicht nur fachlich kompetent zu wirken, sondern auch eine überzeugende jugendliche Ausstrahlung zu haben.

Zwei Tage vor der Eröffnungsfeier saßen sie noch am Nachmittag zusammen, um die letzten Vorbereitungen zu treffen und sich gemeinsam erfrischende Gesichtsmasken zu gönnen.

„Dass wir so schnell neue Jobs bekommen, hätte ich mir nie vorstellen können, als ich mich damals bei den Silver Girls angemeldet habe." Helen strahlte von ihrem Liegestuhl aus die anderen an.

Sandra nickte. "Und vor allem, dass wir selbst Chefs sind, das überrascht mich immer wieder. Wir müssen zwar trotzdem noch ordentlich ackern, aber es ist für uns." Sie legte darauf den größten Wert, schon wegen ihrer schlimmen Erfahrungen.

Denise, die noch in ihren Unterlagen geblättert hatte und erst jetzt

ihre Maske auflegte, lächelte ihr zu. „Und wir haben uns fantastisch
ergänzt, du machst vorwiegend die Tages- und Helen die Nacht-
schicht und ich übernehme die notwendige Mobilisierung nach
Frakturen oder Stürzen und die Buchführung. Und wir arbeiten nur
noch sechs Stunden, um das alles besser zu verkraften, dafür habe
ich genügend Teilzeitkräfte gewonnen. Wir beginnen auch nicht
gleich mit voller Besetzung, deshalb wird mein Bruder die Liefe-
rungen für unser Essen aus der Rathaus-Kantine ständig anpassen."
„Für mich ist es immer noch etwas ganz Besonderes, wie alles ge-
laufen ist. Wir haben zwar selbst viel getan, dennoch kam es mir
oft so vor, als würde manches fast von alleine laufen, seit ich damals den alten Herrn mit dem Ring im Ohr getroffen habe." Helen
begann vorsichtig ihre Maske zu entfernen.
„Und ich bin auch von einem Mann mit Ring im Ohr hervorragend
beraten worden, aber der war jung", rief Denise erstaunt.
Sandra begann zu lachen. „Ihr werdet es nicht glauben, das Sonder-
angebot für die Farben, die wir brauchten, hat mir ein Mann ver-
mittelt, der hatte auch einen Ring im Ohr. Aber er war weder alt
noch jung, sondern irgendwo dazwischen und hatte eine Platte."
Helen grinste jetzt auch. „Glaubt ihr, dass es so etwas wie männli-
che Feen gibt, die auch Gutes tun? Wenn es so ist, dann kann das
doch nur bedeuten, dass wir hier genau richtig sind und Erfolg haben werden."

„Darauf trinke ich", rief Denise, schenkte ihnen aber nur einen ihrer verjüngenden Gesundheitssäfte ein. Trotzdem oder vielleicht auch deswegen, betrachteten sie die kommenden Tage schon mit einem Hochgefühl.

Der nächste Morgen begann allerdings mit einem Schock. Helen saß mit ihrem Julian am Frühstückstisch, wie immer am Wochenende, vergaß zeitweise ihre Vorliebe für gesunde Ernährung und überlegte gerade wohlwollend, ob sie sich Schokoladencreme oder Kirschkonfitüre auf ihr Brötchen gönnen sollte und war in Gedanken schon wieder bei ihrem Kurzzeitpflege-Zentrum, während ihr Mann die Sonntagsausgabe der Lokalzeitung überflog.

„Oh, das wird dir nicht gefallen", murmelte er plötzlich und reichte ihr die Titelseite.

Helen starrte auf die Überschrift und konnte nicht fassen, was dort stand. *Vor dieser Pflege kann nur gewarnt werden!*

Sie überflog den Text darunter. Da unterstellte irgend so ein Schmierfink ihrem Zentrum die Absicht, sich an hilflosen alten Menschen zu bereichern und riet Familien davon ab, ihre Angehörigen zur Pflege dorthin zu geben. Immerhin sei eine Mitarbeiterin verdächtig, Pflegepersonen misshandelt zu haben.

„Das darf doch nicht wahr sein!" Helen sprang auf. „Diese Idioten wollen uns kaputtmachen, bevor wir überhaupt eröffnet haben. Wenn ich nur wüsste, wer dahintersteckt?"

„Wenn du es weißt, kann ich ihn für dich verhauen", setzte ihr

Mann treuherzig nach. „Aber vielleicht wissen deine Freundinnen mehr."

„Gute Idee, danke, mein Schatz, ich bin schon unterwegs."

Nachdem sie die beiden von unterwegs alarmiert hatte, trafen sie sich im Pflege-Zentrum.

„Ich könnte heulen", begann Helen, „wenn ich bedenke, welche Mühe wir uns gegeben haben, alles vorzubereiten und es für alle schön zu machen und dann kommt so ein Möchtegernjournalist und setzt Lügen in die Welt. Aber ich gebe meinen Traum nicht auf!"

„Es sind doch Lügen, oder?" Denise wand sich fast bei dieser Frage, aber Sandra sah nur nach unten und schwieg lange. Dann holte sie tief Luft und begann sie doch händeringend zu reden.

„Ich wusste schon, dass irgendetwas passieren wird, denn ich habe nie Glück im Leben. Ich würde es verstehen, wenn ihr mich nicht mehr dabeihaben wollt, schließlich bezieht sich die Anschuldigung auf mich. Allerding habe ich wirklich niemanden misshandelt, nur eine Misshandlung verschwiegen. Damals im Pflegeheim „Waldesruh" hat mein Chef einen Mann, der dement und orientierungslos in sein Büro gelangt war, brutal zusammengeschlagen, einfach, weil er darüber so wütend war. Mir hat er gedroht, wenn ich das anzeigen würde, wäre seine Gegenbehauptung, ich sei es gewesen. Und wem würde man dann wohl glauben?"

„Ich glaube dir." Helen legte Sandra den Arm um die Schultern. „Das war doch bestimmt schon im letzten Jahr?"

Sandra nickte nur, als Helen fortsetzte. „Aber, wenn er so daran interessiert ist, dass es niemand erfährt, wieso startet er jetzt diesen Angriff auf dich?"

Sandra zog beide Schultern hoch. „Ich habe keine Ahnung."

„Aber ich", meldete sich Denise, die an ihrem Laptop saß. „Ich hatte davon gehört, konnte aber den Namen nicht mit dir in Verbindung bringen. Es gibt eine Untersuchung gegen den Mann, weil sich so viele Angehörige beschwert haben und dieser Mensch denkt vermutlich, du seist die Tippgeberin."

„Ich bin dafür, dass wir diesem Idioten ordentlich unsere Meinung sagen. Heute wird er vermutlich nicht da sein, aber dann ganz sicher morgen. Ein Dementi ist das Mindeste, was ich erwarte, sonst könnte er sich einhandeln, was er anderen unterstellt." Helen war immer noch wütend

„Ich bin dabei", setzte Denise fort. „Auch, wenn ich nicht so aussehe, aber meine Rechte ist nicht ungefährlich." Sie ballte die rechte Faust, um ihren Bizeps zu demonstrieren, sah dabei aber mit ihrem Stupsnasengesicht so niedlich aus wie eine Zwölfjährige, dass die beiden anderen in Lachen ausbrachen.

Am nächsten Morgen machten sich die drei pünktlich auf den Weg in das Pflegeheim, das Sandra in unguter Erinnerung hatte, allerdings wurden sie durch einen Stau auf der schmalen Straße viel länger als erwartet aufgehalten.

Als sie endlich das Pflegeheim erreichten und wütend in das Büro des Leiters stürmten, reagierte die Mitarbeiterin im Vorzimmer sofort. „Der Chef ist nicht da. Er hat sich vor einer Stunde für zwei Wochen abgemeldet, er fliegt irgendwohin in Urlaub."

Sie hielt ihnen ein Schreiben hin. „Das ist das Dementi, das ich noch in seinem Beisein an die Zeitung und einige Nachrichtenagenturen geschickt habe. Sandra, es tut mir wirklich leid, wir wussten nichts davon. Wir haben es erst erfahren, als euer Anwalt kam."

„Aber wir haben…", begann Denise, doch Helen hielt sie zurück.

„Ist das Dementi so wie er es gefordert hat?"

„Ja, natürlich. Der Chef hat sich sogar bereit erklärt, noch eine Art Schmerzensgeld zu zahlen. Deswegen hätte ich euch noch angerufen. Der Anwalt hat mir alles diktiert, damit nicht wieder Fehler passieren. Ein wirklich kluger und gut aussehender Mann, obwohl ich noch nie einen Anwalt mit einem Ring im Ohr gesehen habe."

Die drei sahen sich überrascht an, enthielten sich aber jeglicher Äußerung. Als sie jedoch das Haus verlassen hatten, brachen sie sofort in befreiendes Gelächter aus.

„Dass sich das so schnell wieder auflöst, hätte ich echt nicht erwartet", stöhnte Sandra und rieb sich die Lachtränen aus den Augenwinkeln. „Und wieder ein geheimnisvoller Helfer genau im richtigen Moment."

„Noch sind wir nicht aus dem Schneider", warnte Denise. „Irgendjemand hat den Quatsch bestimmt schon gelesen."

„Dann müssen wir mit unserer Betreuung und unserem Qualitäts-
management beweisen, dass wir wirklich die Besten sind und es
sich lohnt, mit uns zusammen zu arbeiten." Helen war sich ihrer
Sache immer noch sicher. „Aber den Mann, der alles in Ordnung
gebracht hat, den hätte ich gerne mal gesehen, gutaussehend und
intelligent. Was für eine Kombination!"

Sandra schüttelte den Kopf. „Meine Großmutter hat immer gesagt,
es gibt schöne Männer und es gibt intelligente Männer. Beides zusammen geht nicht, das gibt es nur bei Frauen."

„Oder bei männlichen Feen", beharrte Helen und stimmte dann in
das Lachen der anderen ein.

Ein bemerkenswertes Gedächtnis

„Habe ich die dicke Katze gefüttert oder nicht?" Wally Kreutzer war voll schlimmer Vorahnungen in die Wohnung ihrer Nachbarin gehastet, stand jetzt unsicher im Flur und überlegte erfolglos. Marion war verreist und hatte sie gebeten, gut für ihr Haustier zu sorgen. Wally war dazu natürlich gerne bereit gewesen, aber jetzt schüttelte sie unglücklich ihren Kopf.

Mit ihrem Gedächtnis wurde es immer schlimmer. Gestern hatte sie die Lesebrille verlegt und bis heute noch nicht wiedergefunden. Der Taschenkalender fehlte schon seit Wochen und der Satz Zweitschlüssel ebenso.

Irgendwann würde sie wahrscheinlich das Haus in Brand stecken, weil sie den Elektroherd angelassen hatte und vermutlich würde auch die vornehme Katze ihrer Nachbarin schon verhungert sein. Sie sah sich sicherheitshalber noch einmal suchend um.

Marion, die ihre kranke Schwester in einer Stadt weit im Süden pflegte, würde ihr das nie verzeihen. Sie hatte die Katze erst seit kurzem aus dem Tierheim und war sehr stolz auf die besondere Rasse. Andererseits hatte diese Katze bei ihrem Umfang bestimmt auch noch einige Fettreserven. Wally seufzte: „Ich wahrscheinlich auch."

Als sie die Tür zum Wohnzimmer öffnete, war die Katze natürlich nicht zu sehen, sie saß nicht wie üblich auf dem Fensterbrett, um sie mit ungnädigen Blicken zu mustern. Sie war einfach nicht da! Wally sah sich hektisch um, hier war alles unverändert, nur die Katze fehlte.

Sollte sie wirklich verhungert in einer Ecke liegen? Ihr brach der Angstschweiß aus und die Knie wurden ihr schwach. Völlig verzweifelte Gedanken zogen durch ihren Kopf.

Wenn ich die Katze so lange vergessen habe, dass sie schon gestorben ist, dann sieht es mit meinem Gedächtnis noch viel schlimmer aus als erwartet.

Sie ließ sich in den Sessel am Fenster sinken und hätte am liebsten geweint. Wenn es schon so weit war, dann rückte das Horrorgespenst des endgültigen Vergessens immer näher. An einem Tag vergaß sie noch ihren Schlüssel und am nächsten Tag würde sie ihre eigenen Kinder nicht mehr erkennen. Alles was sie im Leben gesehen und erlebt hatte, wäre dann verschwunden. Von der fröhlichen, lebenslustigen Frau, die sie früher war, bliebe dann nur noch eine leblose Hülle, die niemand mehr haben wollte.

„Du befindest dich schon wieder auf dem Weg nach Katastrophenheim!"

Wally nickte, das hielt ihr Marion immer vor. „Du hast ja recht, aber ich fühle mich so hoffnungslos."

Dann sah sie hoch und stutze. *Marion war doch gar nicht da! Wer hatte denn jetzt gesprochen?* Sie sah sich um und atmete erleichtert auf. Die dicke Katze lebte noch. Sie hatte sich leise angeschlichen, saß jetzt auf dem Fensterbrett und musterte sie kritisch.

Wally schüttelte energisch den Kopf. *Fing sie jetzt auch noch an zu spinnen? Die dicke Katze konnte doch nicht mit ihr gesprochen haben!*

„Ich bin keine dicke Katze, sondern ein Kater, und zwar ein adliger. Gestatten, Hugo von Tessier ist mein Name. In bin ein französischer Chartreux-Kater."

Wally nahm zwar das blaugraue Fell und die bernsteinfarbenen Augen wahr, aber sie hatte keine Ahnung von besonderen Rassen, für sie war es einfach nur eine Katze.

„Vielleicht darf ich dich daran erinnern, dass wir Chartreuxs nicht unbekannt sind. Die berühmt-berüchtigte Schriftstellerin Colette besaß ein Exemplar unserer Rasse und im Film „Stuart Little" war Smokey der Anführer der Katzen-Mafia selbstverständlich ein Chartreux-Kater. Leider hat man mir diese Rolle nicht angeboten, ich hätte es besser gemacht."

Obwohl sie die Stimme deutlich hörte, bewegte die Katze, pardon der Kater, keine Miene, während Wally ihn scharf beobachtete.

Konnte dieser Rassekater wirklich mit ihr sprechen? Das war doch total verrückt! Sie sollte die Wohnung schnellstens verlassen und einen Psychiater aufsuchen.

„Du musst dir keine unnötigen Gedanken machen, ich habe dieses Phänomen schon oft erlebt. Menschen die meine Hilfe brauchen, können mich hören, andere nicht."

Wally setzte sich absichtlich etwas weiter weg von diesem sonderbaren Kater und sah ihn dann fragend an. „Aber wieso kannst du dich mit mir verständigen?"

Hugo neigte den Kopf, so als sei diese Last auch für ihn zu viel.

„Das ist eine lange Geschichte. Sagt dir der Name Professor Isenburg etwas?"

Wally schüttelt irritiert den Kopf.

„Das dachte ich mir. Professor Isenburg war ein berühmter Neurowissenschaftler, also jemand der Prozesse im Gehirn erforscht und ich war so etwas wie sein Assistent. Ich bin der einzige, der noch alles weiß, was der Professor wusste und ich kann es auch weitergeben."

„Und wieso warst du dann im Tierheim?"

„Ja, das war tragisch. Der Professor ist völlig gesund 99 Jahre alt geworden, aber leider kurz vor seinem 100.Geburtstag doch gestorben. Vorher haben wir noch einige Experimente gemacht, die ich nur schlafend erlebt habe, vielleicht kann ich deshalb mit jemandem reden, der Hilfe braucht."

Wally war eigentlich ein praktisch denkender Mensch, Wunder oder sprechende Tiere, kamen bei ihr nicht vor. Andererseits brauchte sie wirklich Hilfe, denn das Schreckgespenst des ewigen Vergessens lauerte schon länger in ihrem Hinterkopf. *Und schließlich, wer war sie schon, dass sie beurteilen konnte, was möglich*

war und was nicht? Wenn ihr Gehirn statt sich Wichtiges zu mer-
ken, jetzt mit Katzen reden konnte, warum nicht! Aber dann sollte
sie auch die richtigen Fragen stellen.

„Was hast du mit dem Weg nach Katastrophenheim gemeint?"

Hugo sah sie wieder ungnädig an. „Du machst dir viel zu viele Gedanken darüber, was du alles vergessen könntest. Du solltest dir
eher Gedanken darüber machen, wie wenig Freude du gerade in
deinem Leben hast. Du bist erst 65 und erlebst zurzeit kaum etwas,
was sich zu erinnern lohnt!"

Als Wally ihn nur irritiert anstarrte, setzte er nach. „Was hast du in
der letzten Woche Tolles gemacht?"

Wally sah ihn erbost an. „Ich bin in Rente, ich will mich erholen
und nicht ständig planen, wann oder wo ich sein muss."

Hugo sah sie lange an. „Und macht das Spaß?"

Sie seufzte. „Eigentlich nicht. Ich hatte es mir wirklich schöner
vorgestellt. Lange schlafen, ohne dass der Wecker morgens klin-
gelt, in Ruhe frühstücken, ohne ständig auf die Uhr schauen zu
müssen, damit ich pünktlich am Arbeitsplatz bin, das wollte ich immer. Aber schon nach der ersten Woche wurde das langweilig."

„Was hattest du dir denn für das Rentenalter vorgenommen?"

„Na genauso etwas. Solange ich gearbeitet habe, ich war Zug-Ab-
fertigerin bei der S-Bahn, musste ich immer auf die Zeit achten,
immer genau, immer pünktlich sein. Deshalb war dieser friedvolle
Morgen mein größter Traum, aber jetzt hat fast alles seinen Reiz

verloren. Nichts interessiert mich mehr, als ob mir alles zu viel ist und dann vergesse ich, was ich machen wollte oder verlege meine Schlüssel, meine Brille und weiß nie, ob ich den Herd ausgemacht habe, wenn ich das Haus verlasse."

Hugo schüttelte seinen ziemlich großen runden Kopf und lief während er scharf zu überlegen schien, auf dem Fensterbrett näher zu ihr. „Mir scheint du hast nicht abtrainiert. Du hast deinem Denkapparat gar keine Chance gegeben langsam herunter zu fahren, du hast einfach gestoppt."

Wally sah ihn verblüfft an, aber Hugo dozierte schon weiter „Mein Professor hätte jetzt gesagt, da müssen wir einiges ändern. Wir müssen als erstes die äußeren Bedingungen ändern und uns dann dem Inneren zuwenden. Bist du einverstanden?"

Wally sah ihn misstrauisch an. „Natürlich will ich etwas ändern, sonst würde ich mir doch nicht so viele Sorgen um mein Gedächtnis machen, aber ich weiß nicht wie?"

Bevor der Kater antwortete, veränderte sich seine Mimik etwas und Wally hätte wetten können, dass er grinste und zwar boshaft.

„Du musst zuerst deine Wohnung in einen Zustand versetzen, in dem wichtige Sachen wiedergefunden werden können. Das heißt im Klartext, du musst aufräumen und dafür sorgen, dass alle Dinge, die leicht verlegt werden können, aber wichtig sind, feste Stammplätze haben. Dann machen wir weiter."

„Ich soll aufräumen?" Wally pustete enttäuscht die Luft aus. „Ich dachte, jetzt kommen ein paar tolle Tipps, wie ich mir etwas besser merken kann, aber du hörst dich an wie früher meine Mutter."

Hugo drehte sich etwas pikiert um, zog sich an das andere Ende des Fensterbrettes zurück und starrte sie nur stumm an, bis sie einlenkte. „Na gut, ich mache es. Wo soll ich anfangen?"

„Marion hat in ihrem Regal ein Buch von dieser Japanerin, das solltest du mitnehmen. Wenn du es schaffst, deine Wohnung so zu ordnen, wie sie es vorschlägt, hättest du den ersten Schritt für ein zuverlässiges Gedächtnis schon geschafft."

Wally nahm das Buch widerwillig mit in ihre Wohnung und begann zu lesen, sie las den ganzen Abend lang, so lange bis ihr die Augen zufielen.

Das, was dann am nächsten Morgen passierte, konnte sie selbst kaum glauben. Wie in einem Rausch räumte sie ihre Zimmer, ihre Schränke, Regale, Kommoden und sogar den Keller aus und ordnete alles übersichtlich. Zwischendurch nahm sie sich lediglich die Zeit schnell den Kater zu füttern oder sich passende Kästen und Boxen zu besorgen, um sich danach wieder mit diesem aufregenden Glücksgefühl in ihre neue Ordnung zu stürzen.

Als sie endlich fertig war, musterte sie die geordneten Schränke, Regale und Kommoden lächelnd und höchst zufrieden und konnte sich kaum sattsehen. Dann brachte sie noch einiges zur Mülltonne und legte einen großen Beutel für die Kleiderkammer der Stadtmission zurecht. Eigentlich hätte sie nach diesen Anstrengungen hundemüde sein müssen, aber sie fühlte sich eher wie elektrisiert, auch noch als sie Hugo begeistert davon erzählte.

„Die Schlüssel kommen nun immer in ein Kästchen in der obersten Schublade der Flurkommode, das Handy hat einen festen Platz in einer Schale neben dem Auflade-Kabel und meine Brille und den Schreibtischkalender habe ich an die Kette gelegt. Ich habe alles übersichtlich geordnet und neben der Tür hängt eine Checkliste, um zu prüfen, ob die Fenster geschlossen sind und der Herd ausgeschaltet ist. Und außerdem habe ich eine Menge Dinge entsorgt, von denen ich gar nichts wusste."

Hugo gähnte lange und wenig höflich. „Und dafür hast du mehr als drei Tage gebraucht?"

Wally musste lachen. Das war so typisch Mann! Genauso hatte ihr Ex-Mann auch immer reagiert und sich darüber geärgert, wie lange sie geputzt und aufgeräumt hatte. „Weißt du, das ist das Kreuz mit der Hausarbeit. Wieviel sie wert ist, sieht man immer nur dann, wenn sie nicht gemacht ist. Aber jetzt habe ich meine Aufgabe erfüllt und nun erwarte ich deine tollen Tipps für mein Gedächtnis."

Sie setzte sich mit einem kleinen Block in den Sessel am Fenster und musterte ihn aufmerksam, während der Kater sich gelassen mit einem Bein hinter dem rechten Ohren kratzte.

Hugo spielte sich ein wenig auf, fand Wally, aber vielleicht störte es sie ja auch nur, dass sie so eine Position nie geschafft hätte, nicht einmal damals, als sie sich noch jung und knackig fand.

„Hast du dir jemals Gedanken darübergemacht, was dein Gehirn wirklich braucht?“

„Ich verstehe deine Frage nicht. Warum sollte ich so etwas machen? Da meine Gedanken im Gehirn entstehen, hätte es mir ja direkt mitteilen können, wenn ihm etwas fehlt.“ Wally lehnte sich zufrieden zurück und störte sich nicht daran, dass sie von Hugo sehr ungnädig gemustert wurde.

Jetzt nickte er. „Mein Professor hat immer gesagt, ein guter Lehrer müsse sich so dumm stellen wie seine Schüler sind, damit die glauben, sie wären so schlau, wie er. Also stell dir vor, dein Gehirn wäre eine Katze. Was braucht sie als erstes?“

Wally hatte kaum zugehört, weil sie noch darüber grübelte, wie sie ihm den boshaften Satz heimzahlen könnte, aber diese Frage war leicht. „Futter, natürlich!“

„Und wenn dein Gehirn so ähnlich wie ich, eine Rassekatze wäre?“

„Dann braucht sie auf jeden Fall ein spezielles Futter.“

„Stimmt, das war doch nicht schwer! Auch dein Gehirn braucht ein Spezialfutter, damit es lange fit bleibt.“

„Und was genau soll das sein?“

„Marion hat ein Medizinbuch im Regal, dort kannst du dir ein Bild von einem Gehirn ansehen, woran erinnert dich das?“

Wally starrte fasziniert auf die Zeichnung auf dem Titel des Buches. „Für mich sieht es aus, wie eine Walnuss.“

„Stimmt, das ist eine gute Eselsbrücke um sich zu merken, dass Walnüsse wie andere Nüsse auch, genau richtig für das Gehirn sind. Und für den richtigen Treibstoff sorgen."

„Die esse ich aber nicht, die machen dick." Wally schüttelte entschieden den Kopf, aber Hugo sah sie nur überheblich an.

„Das ist absolut falsch, ich habe erst vor kurzem gehört, dass sie einen flachen Bauch machen. Ich lege ja darauf nicht den geringsten Wert, aber ihr Menschen mögt so etwas. Was brauchst du noch? Denke wieder an die Katze."

„Vielleicht Fisch und Hühnchen?"

„Die Kandidatin hat 10 Punkte! Aber es sollte fetter Fisch und mageres Hühnchen sein. Und wenn du das dann noch ergänzt mit viel dunkelgrünem Gemüse und blauem Beerenobst und zudem noch den Zucker durch etwas Besseres ersetzt, kann dein Gehirn zu Höchstleistungen auflaufen. Wir brauchen zwar noch mehr, aber jetzt weißt du das Wichtigste, was du für ein gutes Gehirnfutter brauchst, Vite, vite, und jetzt gehe einkaufen. Wir sehen uns morgen wieder."

In den folgenden Tagen spielte sich ein fester Rhythmus ein und Wally störte sich nicht mehr daran, täglich den Hinweisen von Hugo zum richtigen Gehirnfutter zu lauschen. Es gab ihr das beruhigende Gefühl alles richtig zu machen, wenn sie hörte, dass es tatsächlich medizinische Studien gab, die belegten, dass Nüsse die

Gehirnfunktionen, die mit Wissen, Lernen und Gedächtnis verbunden sind, deutlich verbesserten und dass so etwas Leckeres, wie Heidelbeeren, neue Gehirnzellen wachsen ließ. Ihr schmeckte das alles sehr gut und sie fühlte sich schon nach kurzer Zeit nicht mehr so fahrig und unkonzentriert. Und da sie jetzt nicht mehr auf ein unschönes Ende hinzusteuern schien, wurde sie bereits ein wenig neugierig auf Neues.

Hugo schien das zu ahnen, denn er stellte den nächsten wichtigen Punkt auf dem Weg zu einem Supergedächtnis vor. „Wir Katzen mögen Wasser nicht besonders, aber ich schaue gerne aus dem Fenster auf den kleinen Fluss hinter unserem Haus. Meist fließt er gleichmäßig und ruhig, aber manchmal im Sommer, wenn er wenig Wasser führt, dann muss er sich vorwärts quälen. So ähnlich kann es auch in deinem Gehirn aussehen, wenn es dort nicht genügend sprudelt."

„Ja, das weiß ich doch", unterbrach ihn Wally. „Ich trinke jetzt wesentlich mehr Tee und Wasser als früher."

Hugo erstarrte nach der Unterbrechung und sein Schwanz peitschte ungehalten nach oben. „Das reicht aber noch nicht aus. Du brauchst auch viel Bewegung und das am besten in frischer Luft. Und ehe du wieder Einwände erhebst, habe ich eine Aufgabe für dich. Mache jeden Tag einen straffen Spaziergang und lerne deinen Kiez besser kennen. Du könntest mir dann davon berichten. Und jetzt bin ich erschöpft, du kannst gehen."

Ungnädig schloss er sofort die Augen und Wally zog sich etwas irritiert zurück. Männer konnten solche Mimosen sein. Dann musste sie lachen, Männer oder Kater, das war egal!

Am nächsten Tag machte sie sich schon vormittags auf den Weg. Wie immer, wenn sie aus dem Haus trat, fiel ihr die Tafel am Nachbarhaus auf. Dort wohnte von 1905 bis 1914 eine Schriftstellerin, die Hedwig Courths-Mahler hieß. Wally kannte sie nicht, aber sie hatte gehört, dass die Frau kitschige Liebesromane geschrieben hätte. Na und, hatte sie manchmal gedacht, wenn sie das hörte. Sie hatte eigentlich nichts gegen ein wenig Kitsch, er machte das Leben schließlich etwas netter. Und Happy Ends und Romantik liebte sie auch. Jetzt wo sie das Gespenst der Vergesslichkeit schon fast gebannt hatte, wäre so ein kleiner Flirt oder mehr doch auch wieder denkbar, oder?

Eigentlich hatte sie mit Männern abgeschlossen, damals nach der hässlichen Scheidung, aber das musste ja nicht für immer sein. Möglicherweise traf sie schon heute ein interessantes Exemplar, an dem sie ein wenig üben könnte. Sie grinste abenteuerlustig, dann schüttelte sie wieder den Kopf darüber, wohin sich ihre Gedanken verirrten. Aber hatte nicht auch Udo Jürgens gesungen *Mit 66 Jahren, da fängt das Leben an?* Und sie war erst 65, also mussten doch irgendwo bestimmt noch einige Überraschungen auf sie warten.

Jetzt allerdings musste sie erstmal eine Gegend erreichen, die ihr völlig unbekannt war. Das flotte Gehen machte ihr richtig Spaß, und eine knappe Stunde später hatte sie bereits das für heute gewählte Ziel erreicht. Völlig überrascht saß sie auf einer Bank und schaute über den See, der in der Frühlingsonne fast blau leuchtete. Erstaunlich, dass es in ihrer Stadt, die sie überwiegend laut und schmutzig in Erinnerung hatte, solch wunderschöne Ecken gab. Und wie es hier duftete! Sie sah sich um, vermutlich roch der Busch hinter ihrer Bank, dessen weiße Blüten sich in die Sonne reckten, so gut, dass sie gerne noch sitzenblieb.

In dem kleinen Park waren nur wenige Spaziergänger zu sehen, die den See gemächlich umrundeten und kaum Notiz von ihr nahmen. Nur ein Mann, der ungefähr zehn Meter entfernt alleine auf einer Bank saß, schaute immer wieder zu ihr. Wally wurde ganz kribblig und strich sich ordnend über ihre roten Locken. Ging das jetzt etwa schon los mit den Abenteuern?

Wenn sie das gewusst hätte, wäre sie heute Morgen an ihrem Kleiderschrank nicht nur vorbeigehuscht. Die grauen Jeans und die blaue Jacke trug sie doch bestimmt schon länger als zehn Jahre und mit dem neuen dunkelgrünen Hosenanzug hätte sie sich jetzt wesentlich sicherer gefühlt. *Oh Gott! Und wann habe ich die Beine zum letzten Mal rasiert?*

Nur gut, dass man das jetzt nicht sah. Sie schickte einen vorsichtigen Blick zur Seite. Der Mann sah nicht übel aus, auch wenn er nur noch wenig Haare hatte. Er schien etwas älter zu sein als sie, machte aber einen sportlichen, trainierten Eindruck. Sie hielt fast die Luft an, als er aufstand und zu ihr herüberkam.

„Ich glaube wir kennen uns?" Er blieb abwartend stehen, aber Wally war zu enttäuscht, um ihn zum Platznehmen aufzufordern. So eine billige Anmache hatte sie wirklich nicht erwartet und reagierte etwas schmallippig. „Wenn das Ihre übliche Masche ist, die ist ziemlich veraltet."

Der Mann schüttelte nur den Kopf und schlug sich dann mit der flachen Hand an die Stirn. „Jetzt hab ich's. Du bist die Frau vom Nöldnerplatz, die mit den wilden roten Haaren. Ich bin dreißig Jahre S-Bahn gefahren, da kennt man jeden Zugabfertiger."

Er reichte ihr die Hand. „Ich bin Eddie und schon einige Jahre in Rente. Da drüben kommt meine Frau, sie hat schnell noch Blumen geholt, weil wir zum Geburtstag unserer Enkelin gehen. Ich hätte mich gerne noch mit dir unterhalten, aber wir müssen gleich weiter. Hier in der Nähe gibt es eine Kneipe in einem früheren S-Bahnwagen, da treffen wir Ehemaligen uns jeden Donnerstag. Komm doch mal vorbei, vielleicht sind da auch Leute, die du kennst."

Er schob ihr eine Karte mit der Adresse in die Hand und eilte dann zu seiner Partnerin.

Wally holte tief Luft. Na, das war wohl noch nichts! Verschieben wir die aufregenden Abenteuer auf morgen. Dann sah sie genauer auf die Karte. Auch wenn es nicht der heiße Flirt war, den sie eigentlich erwartet hatte, war es doch eine interessante Idee. Schließlich gab es einige Kollegen, die sie gerne wiedersehen würde, schon um über alte Zeiten zu reden.

Als sie Hugo am nächsten Tag davon erzählte, nickte er nur zufrieden, fragte aber dann nach einem anderen See und einer sehenswerten Kirche. Von beidem hatte sie noch nie gehört, obwohl es in ihrer Nähe sein sollte. Da würde sie weiter auf Entdeckungsreise gehen müssen, schon um diesem oberschlauen Kater zu zeigen, dass sie noch lernfähig war. Am besten, sie besorgte sich erstmal einen aktuellen Stadtführer und plante damit ihre Touren oder sie suchte sich eine aus, die von gut informierten Leuten organisiert wurden. Obwohl sie alleine nie auf eine solche Idee gekommen wäre, gefiel ihr jetzt die Abwechslung in ihrem Leben ganz ausgezeichnet.

Jeden Tag sah sie etwas Neues, staunte über Schönes und Sehenswertes, an dem sie früher achtlos vorbeigegangen wäre. Und das Beste war, dass die ständige Angst um ihr Gedächtnis immer weniger wurde und sie sich zunehmend sicherer fühlte.

Als sie sich zum ersten Mal in die S-Bahn-Kneipe traute, brauchte sie zwar noch einen kurzen Moment der Überwindung, aber dann wurde alles leichter. „Ich war fast wieder die Alte", erzählte sie Hugo. „Die Leute dort haben mich so nett begrüßt, alles alte S-

Bahner. Es war sogar ein Kollege vom Nöldnerplatz dabei. Wir haben viel erzählt und noch mehr gelacht, es war so ein schöner Abend."

Nach zwei Wochen begann Wally ihre Stadt-Touren auszudehnen, so wie von Hugo angeregt und erzählte ihm auch begeistert, dass sich ihr eine Frau aus dem S-Bahn-Treff und ein früherer Kollege dabei angeschlossen hatten. Der anspruchsvolle Kater schien damit wirklich zufrieden zu sein, allerdings schien ihm das Dozieren und Aufgabenstellen doch etwas zu fehlen.

Obwohl Wally noch lange nicht alle Ziele besucht hatte, lenkte er ihr Interesse auf die nächste Aktivität für ein starkes und gut funktionierendes Gehirn.

„Du bist schon fast fließend in die nächste Phase gestartet, das ist gut so. Aber mein Professor betonte immer, dass man auch einen Blick auf das Erreichte richten muss.

Wir haben mit Gehirnfutter begonnen und dafür gesorgt, dass neue Zellen wachsen können. Dann haben wir erreicht, dass sich durch ausreichendes Trinken und Gehen in frischer Luft, diese Zellen auch mit anderen vernetzen können und jetzt müssen sie noch trainiert werden. Das heißt, jetzt ist Gehirnjogging angesagt."

Wally erstarrte. „Also weißt du, ich habe ja schon ein flottes Tempo beim Gehen. Und jetzt willst du noch, dass ich für mein Gehirn jogge? Dafür bin ich zu alt!"

„Nicht deine Beine, dein Gehirn soll trainieren." Hugo sah sie wieder ungnädig an. „Außerdem ist Alter irrelevant, es sei denn, du wärst ein besonderer Käse, ein guter Rotwein oder ein Oldtimer-Auto." Dann drehte er ihr auf dem Fensterbrett offensichtlich beleidigt seine Kehrseite zu.

Typisch Mann! Auch diese Reaktion kannte Wally von ihrem Ex nur zu gut. Wie oft hatte er ihre Vorwürfe einfach ignoriert, war jeder klärenden Auseinandersetzung ausgewichen und hatte nur schmollend und schweigend in seiner Sofaecke gesessen. Daran konnte sie sich noch sehr genau erinnern. Dann musste sie grinsen.

Offensichtlich ist mein Gedächtnis gar nicht so schlecht, überlegte sie. *Wie gut es wirklich noch funktioniert, merkt man erst, wenn man versucht hat etwas Unangenehmes zu vergessen, wie die Allüren meines Exmanns. Also war ich noch nicht ganz verloren und jetzt habe ich sogar bald ein Super-Gedächtnis.*

Gelassen setzte sie sich einfach in den Sessel und wartete.

Nach einiger Zeit drehte sich Hugo fast widerwillig um und musterte sie aufmerksam. „Nur, weil du eigentlich schon mit dem Gehirnjogging begonnen hast, bin ich bereit, dich weiter zu trainieren, denn Neues kennenzulernen und mit anderen Menschen zusammen zu sein, sind schon wichtige Punkte dafür. Aber kannst du auch Rätsel lösen, Spiele spielen, Sudoku, Mahjong oder Solitär schaffen? Das wären deine nächsten Aufgaben."

Damit war Wally entlassen. Sie hatte keine Ahnung, worum es bei diesen sonderbaren Begriffen ging, aber ein Kreuzworträtsel konnte sie sich aus dem Kiosk am Bahnhof holen. Etwas enttäuscht bemerkte sie, dass heute nicht Regina verkaufte, die diesen Kiosk schon hatte, als Wally noch Lehrling war, sondern ein junger Mann mit Pferdeschwanz.

Als sie die Rätselzeitung bezahlt hatte, wagte sie sich auch noch nach Sudoku, Mahjong und Solitär zu fragen. Der junge Mann grinste überrascht, zeigte ihr aber dann ein Sudoku in ihrer Rätselzeitung und erklärte ihr, was sie machen musste.

Als sie wieder zuhause aus dem Stand das Sudoku für Anfänger und mit etwas Mühe das für Fortgeschrittene fast fertig hatte, klingelte ihr Telefon. Patrick, ihr Enkel, meldete sich. Wally war ziemlich überrascht, denn das kam nicht oft vor. Früher hatten sie ein wirklich enges Verhältnis gehabt und Patty hatte oft bei ihr übernachtet, aber seit er erwachsen war und ständig irgendwohin reiste, freute sie sich schon, dass er sich überhaupt mal meldete.

„Ach Omi, das tut so gut zu hören, wie fröhlich du wieder klingst. Jetzt scheint dir das Rentenalter doch noch Spaß zu machen. Und das Gedächtnis?"

Nachdem sie ihm von ihrem Training berichtete, wobei sie gekonnt den Anteil des dicken Katers verschwieg, lachte er wieder. „Ich habe dir schon vor einem halben Jahr Mahjong-, Memory- und Kartenspiele auf deinen Laptop geladen und bei den Kartenspielen ist auch Solitär dabei. Ich bin sicher, das wird dir Spaß machen."

Voller Überzeugung alles das auch so leicht zu schaffen, wie das Sudoku, schaltete Wally ihren Laptop ein und vertiefte sich in die Spiele. Memory wählte sie zuerst, weil sie sich dabei im Vorteil fühlte. Schließlich hatte Hugo dieses Spiel nicht erwähnt und außerdem waren die vielen Disney-Prinzessinnen auch ein schöner Anblick. *Ich könnte mir auch mal wieder ein hübsches Kleid kaufen*, dachte sie. Diese Farben waren so anregend und im Frühling musste sie auch nicht ständig Jeans tragen.

Nachdem ihr beim Memory alle Schwierigkeitsstufen gut gelungen waren, hätte sie am liebsten weitergespielt, aber der Kater musste gefüttert werden.

Hugo war immer noch in ungnädiger Stimmung, freute sich aber tatsächlich, dass sie ein neues Spiel hatte, das er noch nicht kannte. Dennoch verhielt er sich weiter sehr zurückhaltend und schwieg sehr oft. Wally war ein wenig enttäuscht, denn bisher hatte sie die Auseinandersetzungen mit ihm richtig genossen. Und gerade jetzt hatte sie sich wieder auf einen belebenden Wortwechsel eingestellt, aber sein Schweigen nahm ihr einfach den Wind aus den Segeln. Das war mehr als ärgerlich. Außerdem hätte sie auch gerne noch ein wenig mit ihren Erfolgen angegeben.

Deshalb versuchte sie sich gleich am nächsten Morgen am Mahjong, das eigentlich nach dem gleichen Prinzip wie Memory gespielt wurde, aber manchmal sehr schnelle Reaktionen von ihr

verlangte, um ihre Blitz-Spielsteine vor dem Explodieren zu schützen. Als sie am Nachmittag beim S-Bahn-Treff davon erzählte, traf
sie zu ihrer Überraschung schon auf eingeschworene Fans der *Täg-
lichen Herausforderungen*, die sie sofort in gemeinsame Matches
einbinden wollten. Von Solitär hielten die meisten nichts, das erfor-
dere zu viel Geduld, aber auf ein gutes Skatspiel schworen viele.
Das würde sie also auch noch lernen. Wally fühlte sich in dieser
Gruppe richtig gut, sie konnte bei allem mitreden und die Gesichter
der anderen nicht nur einordnen, sondern hatte sogar die Vornamen
nach einigen Wochen noch nicht vergessen.

Es ging mit ihrem Gedächtnis wirklich rasant aufwärts. Auch beim
Einkaufen war jetzt alles leichter. Eine Frau hatte ihr erzählt, sie
würde die Einkaufsliste singen. Das erschien Wally doch etwas
sonderbar, aber als sie es ausprobierte, machte es ihr so viel Spaß,
dass sie in der Obstabteilung beinahe laut *Zwei Apfelsinen im Haar*
geschmettert hätte.

Hugo hatte seit der dritten Empfehlung keine neuen Aufgaben
mehr verteilt, aber Wally unterhielt sich trotzdem gerne mit ihm,
schon um zu schildern, was sie jetzt alles erlebte. Sie hatte sogar
ein Puzzle gekauft, auf dem, wenn es fertiggestellt war, eine wunderschöne weiße Katze prangte, in die Hugo ganz vernarrt war.
Jeden Tag, wenn sie ihn fütterte legte sie einige Puzzleteile an.
Hugo konnte es wegen des Katzenbildes nicht schnell genug
gehen und er versuchte sie anzutreiben oder zu bestimmen, welche

Teile sie anlegte. Wally hatte sich das fertige Bild aber gründlich eingeprägt und wusste deshalb genau, dass die Katze ein Halsband mit einem winzig kleinen pinkfarbenen Anhänger trug, aber Hugo stupste sie immer wieder an, dieses Teil an eine andere Stelle zu legen.

„Also wirklich, ich verstehe ja, dass du das fertige Bild sehen willst, aber ich habe mir genau gemerkt, wohin der Anhänger kommt. Siehst du, das ist die passende Aussparung. Ich habe recht."

Hugo erstarrte fast, sah ungläubig auf das Puzzle und zog sich dann wortlos auf das Fensterbrett zurück. Wally grinste still vor sich hin, freute sich aber dann wie ein Kind zu Weihnachten, als er mitteilte.

„Du hast jetzt wirklich ein bemerkenswertes Gedächtnis. Offensichtlich habe ich dich extrem gut trainiert."

Sie lächelte, mehr Zugeständnis war von ihm bestimmt nicht zu erwarten.

Als sie einige Tage später das letzte Puzzleteil auf Marions Tisch einfügte und sich über Hugos begeisterte Blicke amüsierte, hörte sie Schließgeräusche an der Tür. Unruhig trat sie in den Flur und sah erstaunt Marion, die mit zwei Koffern bepackt, die Wohnung betrat.

„Du bist schon zurück? Hast du etwa Bescheid gesagt und ich habe es vergessen?" Wally war erschrocken und fürchtete plötzlich wieder ganz am Anfang zu sein.

Aber Marion stellte die Koffer ab und umarmte sie. „Nicht du, ich habe es vergessen! Ich war so froh, dass es meiner Schwester wieder bessergeht und ich endlich nachhause zu meinem Liebling kann, dass ich vergessen habe anzurufen."

Wally musste lachen. „Das ist ja kein Problem. Für das Gedächtnis hast du ja einen guten Trainer."

Marion sah sie fragend an und Wally erwartet eigentlich, dass sich Hugo jetzt melden würde. Aber der Kater saß auf der Fensterbank wie ein ganz normaler Kater und sagte kein Wort. Jetzt wurde ihr klar, dass es so ähnlich sein musste wie bei der zauberhaften Nanny, die, wenn sie nicht mehr gebraucht wurde, gehen musste. Und Hugo, der Kater, konnte nur mit Menschen kommunizieren, wenn er wirklich gebraucht wurde, so wie bei ihr. Sie holte tief Luft und strich ihm noch einmal dankbar über seinen Kopf. Schade, jetzt konnte sie ihm keine Fragen mehr stellen und er ihr auch keine Hinweise mehr geben.

Als sie sich dann aber zum Gehen wandte und einen letzten Blick zurückwarf, zwinkerte er ihr so deutlich zu, dass sie lächelnd in ihre Wohnung zurückging. Sie hatte so viel von ihm gelernt und würde auch alleine klarkommen.

Aber schon der nächste Morgen begann mit einer Katastrophe. Wally starrte ungläubig auf die Mischbatterie in der Küche, aus der das Wasser in alle Richtungen quoll. Nachdem sie hinter der Luke im Bad das Wasser abgedreht hatte, war sie erneut froh über die

Ordnung, die sie geschaffen hatte. Direkt bei der Checkliste neben der Tür, hing auch eine mit den Notrufnummern der Wohnungsgesellschaft. Die Frau in der Zentrale versicherte ihr, dass sich ein Klempner so schnell wie möglich melden würde. Wallys Kaffeemaschine war gerade durchgelaufen, als es schon klingelte. Sie öffnete und schnappte schon wieder nach Luft. Heilige Scheiße, was für ein interessanter, gutaussehender Mann! Hochgewachsen, schmal, aber mit Muskeln an den richtigen Stellen und mit Augen, wie dunkle Schokolade. die ihr den Atem stocken ließen.

Hatte der Kater vielleicht viel weiterreichende Fähigkeiten und irgendetwas beeinflusst oder wie kam es, dass sie jahrelang kaum etwas Sehenswertes zu Gesicht bekam und jetzt gleich mehrere Männer, die mehr als den zweiten Blick verdienten?

Das tolle Bild verblasste etwas, als der Mann den Schaden zwar sachkundig anging, dann aber hektisch in seinem Werkzeugkasten suchte. „Sie haben nicht zufällig eine Wasserpumpenzange da?"

Wally grinste nur, Frauen, die allein lebten, mussten auf vieles gefasst sein. Sie reichte ihm das Werkzeug und lud ihn anschließend zu einem Kaffee ein.

„Hat Ihnen jemand das Werkzeug geklaut? Heute muss man ja mit so etwas rechnen."

Der Mann schob verlegen die grauen Strähnen aus der Stirn. „Ich will das nicht ausschließen, ich glaube aber eher, dass ich die Zange verlegt habe. Seit meine Frau vor zwei Jahren gestorben ist, kriege ich kaum noch etwas ordentlich auf die Reihe. Ich verlege mein Werkzeug, vergesse einzukaufen, finde in der Küche nie, was ich suche. Eigentlich bin ich schon in Rente aber ich arbeite weiter, damit ich überhaupt ein wenig Ordnung in meinem Leben habe."

Er sah sich beifällig um. „Sie scheinen das Problem nicht zu haben, hier ist alles so schön ordentlich."

Wally lächelte geschmeichelt und hätte sich fast in diesen Schokoladenaugen verloren. „Ich habe gerade ein sehr intensives Gedächtnis-Training durchlaufen. Und man hat mir bestätigt, dass ich jetzt ein echter Blitzmerker bin. Wenn Sie interessiert sind, kann ich gerne weitergeben, was man dafür tun soll."

Der Mann strahlte sie erfreut an und reichte ihr seine Hand. „Ich bin Jochen und ich glaube, das ist die beste Idee, die ich je gehört habe."

Drachenblut

„Hoffentlich ist das jetzt weit genug entfernt!", stöhnte Daniela
Werner und stellte ihren Koffer ab, um sich in der hellen Sonne zu
orientieren. Sie hatte gerade mit ihrer Tochter die U-Bahnstation
verlassen und sah sich suchend um. Gab es in diesem Häuserchaos
wirklich einen sicheren Platz für sie beide?
Überall große Wohnblocks und Menschen, die achtlos an ihr vo-
rüber eilten. Wie sollte sie jetzt die richtige Adresse finden, wen
konnte sie fragen?
„Bleiben wir jetzt hier, Mami? Ich bin müde."
Daniela riss sich zusammen und strich ihre weizenblonden Haare
zurück, die der Wind ständig ins Gesicht wehte. Ihre kleine Tochter
Lilly sah sie mit müden Augen an. Sie hatte so tapfer durchgehalten
und auf der langen Fahrt nicht gequengelt, aber jetzt brauchte sie
endlich Ruhe. Deshalb sprach sie die erste Frau an, die ein freundli-
ches Gesicht hatte und fragte nach der Straße, die sie suchte.
„Das ist in Helle Mitte, gleich um die Ecke. Das können Sie nicht
verfehlen."
Dankbar machte sie sich auf den Weg und fand endlich den richtigen Häuser-Block. Hoffentlich war Tante Josefine auch zuhause,
sie konnte ja nicht wissen, wie dringend Daniela jetzt einen Unter-
schlupf brauchte. Aber damit Holger, ihr Mann, ihr auf keinen Fall

folgen konnte. hatte sie vorher nicht angerufen. Ihr Handy hatte sie, wie alles, was von seinem Geld bezahlt war, in seinem Haus zurückgelassen, um nie wieder zurückzukehren.

Tante Josefine war eigentlich keine richtige Tante, sondern die zweite Frau ihres Großvaters gewesen. Als er plötzlich an einem Herzinfarkt starb, war sie wieder aus dem kleinen Dorf in die Großstadt zurückgezogen. Bevor sie ging, hatten sie noch ein Gespräch unter vier Augen. „Ich mache mir große Sorgen um dich, ich weiß, dass dich dein Mann schlägt. Das hast du keinesfalls verdient. Auch wenn du es nicht wahrhaben willst", hatte Tante Josefine zu ihr gesagt, „das wird nicht von allein anders werden. Wenn ihn niemand aufhält, wird dein Mann so weitermachen und irgendwann ist dein Kind in Gefahr."

Daniela, die damals hochschwanger war, hatte wie immer abgewehrt. „Er sorgt wirklich gut für uns und es tut ihm ja auch immer leid. Außerdem, wo soll ich denn hin, ich habe doch gar keine andere Möglichkeit?"

„Wenn du soweit bist und wirklich etwas ändern willst, dann komm zu mir. Meine Wohnung ist groß genug, um dich für eine Zeit aufzunehmen und dir auch zu helfen."

Das war vor drei Jahren gewesen, aber ihr kam es vor, als seien es hundert Jahre gewesen, angefüllt mit Vorwürfen und Verdächtigungen, die meist aus der Luft gegriffenen waren und sich auch täglich änderten. Einmal schmeckte das Essen nicht richtig, das nächste

Mal hingen die falschen Handtücher im Bad, sie hatte zu lange mit dem Paketboten gesprochen oder er hatte etwas vergessen und gab ihr daran die Schuld. Alles endete damit, dass er sich zuerst betrank und dann ohne Rücksicht auf sie einprügelte.

Wenn er ausgenüchtert war, bat er sie unter Tränen um Verzeihung, brachte ihr Blumen und die kleinen Edelsteine, mit denen sie gerne bastelte und versicherte, es würde nie wieder vorkommen. Später erfuhr sie, dass die Steine aus einer Aktion gegen Schmuggler an der nahen Grenze stammten. Vermutlich hatte er sie nicht einmal gekauft.

Anfangs glaubte sie wirklich Schuld an dieser verfahrenen Lage zu tragen, schließlich gab er ihr ständig das Gefühl, für ihn nicht gut genug zu sein. Aber immer öfter fragte sie sich auch zweifelnd, ob wirklich nur sie verursacht hatte, dass alles so anders wurde.

Am Anfang als Holger um sie warb, war er stets höflich, freundlich und sehr zurückhaltend gewesen. Damals hatte sie noch in einem großen Zahnlabor in der Stadt gearbeitet und er war Leiter eines kleinen Supermarktes, ein beliebter Kumpel für viele und für sie der erste Mann, bei dem sie dachte, es könnte für immer sein. Ihre Freundinnen fanden Holger alle toll und drängten sie zur Heirat. Immer wenn sie an diese Zeit dachte, warf sie sich vor, dass sie es besser hätte wissen müssen, denn auch damals gab es schon Anzeichen dafür, dass er andere Menschen generell von oben herab betrachtete und mehr nahm, als er geben wollte.

Aber immer dann, wenn sie misstrauisch wurde, verdoppelte er seine Aufmerksamkeit, überhäufte sie mit Blumen und Geschenken und erfüllte ihr Wünsche, an die sie nie zu denken wagte.

Ihr Großvater hielt nicht allzu viel von dem jungen Mann, riet ihr aber auch nicht ab. Daniela schüttelte bei diesen Gedanken unwillig den Kopf. Nein, niemand anderer war verantwortlich, sie hatte sich für diesen Mann entschieden und hätte auch danach viel früher die Reißleine ziehen müssen. Denn es wurde nicht besser, sondern schlimmer, vor allem als sie schwanger und er als stellvertretender Bürgermeister der Großgemeinde gewählt wurde.

Holger erwartete natürlich einen Sohn, wie jeder echte Mann, hatte er betont. Als er erfuhr, es würde eine Tochter sein, verlor er nicht nur jegliches Interesse am Nachwuchs, sondern störte sich ständig an ihrem Aussehen und sparte nicht mit hämischen Bemerkungen über ihren Umfang und das nutzlose Kind.

Schon damals wäre sie am liebsten weggelaufen, aber wohin? Um zu Tante Josefine zu gelangen, fehlte ihr das Geld. Einmal versuchte sie sich bei einer Freundin zu verstecken, aber er fand sie sofort und hatte sie den anderen gegenüber als bedauernswerte Kranke hingestellt. Zuhause drohte er ihr an, sie jederzeit in die Psychiatrie einweisen lassen zu können. Sie hatte keine Zweifel an seinen Absichten, denn auch so etwas traute sie ihm zu. Und wer hätte ihr helfen können? Wer hätte dem stellvertreten Bürgermeister der Großgemeinde zugetraut ein übler Schläger zu sein?

Also hatte sie angstvoll versucht, alles richtig zu machen, immer stiller werdend jeder seiner Launen aus dem Weg zu gehen. Sie hatte gelogen, wenn sie wegen der Wunden, die sie davon trug zum Arzt musste, sie hatte alles Menschenmögliche getan, um ihn nicht zu reizen.

Ihre Träume jedoch richteten sich schon längst auf die Flucht, allerdings musste sie noch herausfinden, wie genau sie die erfolgreich schaffen könnte. Der Großvater hatte ihr oft ans Herz gelegt: *Wer will, dass sich etwas ändert, muss auch etwas dafür tun. Sonst könnte man sich ja auch auf einen Bahnsteig stellen und hoffen, dass ein Schiff vorbeikommt.*

Damit die Flucht wirklich erfolgreich war, musste sie sie langfristig vorbereiten, damit Holger sie nie finden und sie sich mit ihrer Tochter ein neues Leben aufbauen konnte. Sie wusste noch nicht genau, wie sie das schaffen konnte, aber als erstes würde sie eine geheime Kasse brauchen, mit deren Inhalt sie sich möglichst weit von ihm entfernen konnte.

Eine Scheidung hatte sie bereits verworfen, die würde ihr nicht gelingen und höchstens noch den Rest ihrer Freiheit kosten. Und auch ein Frauenhaus war keine Alternative, denn die beiden, die es gab, unterstanden ausgerechnet dem stellvertretenden Bürgermeister. Er würde es als erster erfahren, wenn sie dort Zuflucht suchen würde. Die einzige Möglichkeit, die deshalb blieb, war Tante Josefine und um dorthin zu kommen, brauchte sie sehr viel Geld.

Seither grübelte sie jeden Tag, womit sie zusätzlich etwas verdienen könnte, denn zur Arbeit in der Stadt ließ er sie nicht gehen. Da kam ihr ein Zufall zu Hilfe. Der Fensterputzer hatte ihre betagte Nachbarin im Stich gelassen und Daniela übernahm bereitwillig die vielen Fenster immer vormittags, wenn Holger nicht zuhause war. Sie hätte auch einige Ketten verkaufen können, die sie aus Leder, Edelsteinen und Glas, nach Anleitungen aus dem Internet gefertigt hatte, konnte sie aber nicht auf dem Markt anbieten, um ihn nicht aufmerksam zu machen.

Aber vor zwei Wochen war etwas geschehen, das ihr deutlich machte, dass sie jetzt ihre Tochter und sich so schnell wie möglich in Sicherheit bringen musste.

An diesem Tag war er früher nach Hause gekommen und hatte sie nicht gleich im Wohnzimmer vorgefunden, weil sie das Geburtstagsgeschenk für Lilly auf dem Dachboden versteckte. Die Kleine spielte friedlich in der Ecke und brabbelte fröhlich vor sich hin, was ihn zu einem plötzlichen Wutanfall reizte.

Als Daniela das Schreien hörte, flog sie fast die Treppe herunter und ihr blieb vor Schreck das Herz fast stehen, als sie sah, wie er die Kleine so wütend schüttelte, dass sie nur noch röchelte. Mit dem Mut einer Löwin stürzte sie sich auf ihn und riss ihre Tochter schützend an sich. Und nur, weil sie den Raum sofort verließ, wurde sie nicht von all den Dingen getroffen, die er in seiner Wut nach ihr warf. Sie packte sich und die Kleine warm ein und versteckte sich mit ihr in der alten Scheune, bis er seinen Rausch ausgeschlafen hatte. Ihr war bewusst, dass Lilly ihm seit der Geburt ein Dorn im Auge und er nie ein liebevoller Vater für sie gewesen war, dass er aber so rücksichtslos mit ihr umging, das war zu viel für Daniela. Jetzt würde sie ihn verlassen und zwar so schnell wie möglich!

Am nächsten Morgen tat er so, als sei nichts vorgefallen, doch das beeindruckte sie nicht mehr, denn sie hatte ihre Entscheidung längst getroffen. Sie würde gehen und zwar für immer, aber dafür müsste sie ihre Vorbereitungen zur Flucht beschleunigen. Im Haus gab es zwar WLAN, aber Daniela wäre nie an den Laptop gegangen, der in seinem Arbeitszimmer stand und über das Handy zu suchen, hätte sie verraten können. Als sie die Kinder einer Freundin betreute, während die beim Arzt war, suchte sie in deren Laptop nach Zugverbindungen und keuchte entsetzt auf, als sie die Fahrtkosten entdeckte. Sie brauchte unbedingt mehr Geld und das möglichst schnell und natürlich durfte Holger davon nichts erfahren. Er würde ihr alles wegnehmen und sie vielleicht sogar wirklich in eine Klinik einweisen lassen. Das bisher gesparte Geld vom Fensterputzen würde noch nicht reichen. Eventuell könnte sie eine der Edelstein-Ketten verkaufen, die ihrer Schulfreundin Doris so gut gefiel.

Bisher hatte sie immer gezögert, doch am nächsten Tag jubelte Doris und sie hatte das Fahrgeld sicher. Als sich noch zwei Freundinnen von Doris für die Ketten mit Turmalinen und die Opalen entschieden, blieb ihr sogar eine kleine Rücklage.

Ihr Ziel war jetzt klar: Sie würde mit Lilly zu Tante Josefine gehen, von der Holger kaum etwas wusste, weil sie seit Jahren offiziell keinen Kontakt hielten. Daniela hatte jedoch immer, wenn sie in der nächstgelegenen Stadt war, bei ihr angerufen und sie regelmäßig informiert. Jetzt brauchte sie nur noch einen klugen Plan, um ungesehen zur Bahnstation zu kommen und ihrem Mann eine falsche Fährte zu hinterlassen.

So etwas Ähnliches hatte sie früher oft gemeinsam mit ihrem Großvater gemacht, aber jetzt war das kein Spiel mehr. Ihre Freiheit und das Leben ihre Tochter hingen davon ab. Also nahm sie den Atlas aus dem Regal und kreiste München, Rostock und Kopenhagen deutlich ein, alles Städte, von denen sie früher geschwärmt hatte. Außerdem packte sie noch einige Ausschnitte aus Klatschzeitschriften über diese Städte dazu.

Aber wie sollte sie ungesehen zu einem Bahnhof kommen? Auch dazu hatte sie schnell eine Idee. Frieder, ein Schulfreund von ihr, half ihr gerne, als sie ihn bat, sie und ihre Tochter in die nächste Stadt zu fahren. „Ich habe endlich die Sachen von meinem Großvater zusammengepackt. Holger darf das gar nicht wissen, dass die immer noch auf dem Dachboden lagen. Ich will sie dort in die

Stadtmission bringen, es sind ja noch gute Anzüge."
Damit hatte sie den riesigen Müllsack erklärt, in dem sie ihren Koffer und Lillys Rucksack verborgen hatte. Von der Stadt aus nahm sie die Regionalbahn zur nächsten größeren Stadt und dann schließlich den ICE zum Ziel und beobachtete ängstlich jedes Mal, wenn der Zug hielt, ob Holger ihr schon auf der Spur wäre.

Und jetzt war sie endlich hier und fiel nach dem Klingeln an der Wohnungstür Tante Josefine direkt in die Arme.
„Was für eine Überraschung", rief die, zog beide schnell in die Wohnung und verschloss die Tür wieder. „Du hast vorher nicht angerufen, also bist du auf der Flucht. Mein Gästezimmer ist schon lange vorbereitet."
Sie nahm das Gepäck und schob die beiden in den kleinen Raum mit zwei Betten. „Hier seid ihr erst mal sicher".
Daniela fühlte sich zum ersten Mal seit sehr langer Zeit auch wirklich so und genoss es, wie Tante Josefine sie und Lilly bemutterte und verwöhnte. Als die Kleine gebadet war und im Gästezimmer schlief, redeten die beiden Frauen lange miteinander. Daniela hatte riesige Schuldgefühle, weil sie ihre Tochter nicht besser beschützt hatte.
„Aber du hast genau das Richtige getan", beruhigte sie Tante Josefine. „Du hast dich endlich entschieden, ihn zu verlassen. Das ist das Wichtigste."

Daniela nickte, spürte aber instinktiv, dass ihre Kleine den rabiaten Angriff nicht einfach weggesteckt hatte. Sie sprang sofort auf, als Lilly vor Angst erwachte und in ihrem Bett wimmerte. Tröstend nahm sie sie gleich in den Arm, um sie zu beruhigen, aber es dauerte lange, bis sie wieder einschlief. Daniela seufzte. Zu ihrer wachsenden Angst, doch noch von ihrem Ehemann entdeckt zu werden, kam die Sorge, dass ihre Kleine ein schweres Trauma davongetragen hatte und sie eigentlich behandelt werden müsste. Aber konnte sie jetzt einem Arzt vertrauen? Der müsste sicher die Polizei verständigen und alles würde wieder von vorne beginnen.

Am nächsten Morgen fühlte sie sich etwas ruhiger, aber noch lang nicht bereit, weitere Schritte zu unternehmen. Auch wenn sich Tante Josefine bemühte, ihr zu helfen und sie zu einer Rechtsberatung in einem Frauen-Zentrum begleitete, zögerte Daniela, weil sie sich einfach noch nicht stark genug für alle Konsequenzen fühlte. Natürlich wusste sie, dass an der Ehescheidung kein Weg vorbeiführte, aber das würde bedeuten, ihren gegenwärtigen Aufenthaltsort preiszugeben und sich ihrem Mann und seinen möglichen Reaktionen sofort stellen zu müssen. Konnte sie das schon?
Nein, auf keinen Fall! Deshalb entschied sie mit dem Antrag noch zu warten, mehr zur Ruhe zu kommen und sich konkretere Gedanken über ihre Zukunft zu machen. Dennoch notierte sie alle not-

wendigen Schritte, die ihr die Rechtsanwältin im Frauen-Beratungszentrum erläutert hatte, konzentrierte sich aber in erster Linie auf ihre Tochter.

Es tat beiden gut, die Tage zu genießen, ohne Sorge vor dem unberechenbaren Verhalten ihres Mannes. Sie gingen oft spazieren, denn zwischen den großen Wohnblocks gab er erstaunlich viele Grünflächen mit großen Bäumen, Büschen und kleinen Bächen oder sie arbeiteten mit viel Begeisterung in Tante Josefines Garten, der direkt hinter ihrer Erdgeschosswohnung lag. Lilly hatte viel Freude an den bunten Frühlingsblumen und den Liedern, die ihr ihre Mutter jetzt voller Freude vorsang.

Im Garten am Haus ihres Mannes hatte es immer nur einen englischen Rasen gegeben, praktisch für die Grillpartys, die er gerne für seine Freunde veranstaltete. Hier dagegen pflanzte Lilly an ihrem 3.Geburtstag ihre ersten Stiefmütterchen und war glücklich, weil sie mit Tante Josefine ihren Geburtstagskuchen selbst backen durfte.

Aber die Nächte blieben unruhig, Daniela schlief sehr schlecht, so als ob sie jeden Moment darauf gefasst sein müsste, ihren prügelnden Ehemann vor der Wohnungstür zu sehen. Und auch Lilly erwachte jede Nacht vor Angst schreiend. Tante Josefine bemühte sich sehr, ihre aufgeregten Gemüter zur Ruhe zu bringen. Sie kochte jeden Tag ihre Lieblingsessen und bestand abends darauf, dass beide die „heiße Sieben" von den Schüssler-Salzen tranken.

„Meine Freundin ist Apothekerin. Sie hat mir versichert, dass ihr beide sehr viel Magnesium braucht, das lässt euch ruhiger schlafen."

Als sie Danielas zweifelnden Blick bemerkte, betonte sie noch.

„Sie hat extra in einem kleinen grünen Buch nachgesehen, was man machen kann, wenn Kinder Angst haben und hat mir auch noch ein paar Bachblüten-Tropfen gemischt, damit es Lilly bessergeht."

Und tatsächlich halfen die Tropfen und vor allem das Gefühl wirklich gut behütet zu sein, beiden deutlich.

Die Ruhe, die Sicherheit und das Gefühl, endlich wieder ein Leben vor sich zu haben, stärkten Daniela enorm und sie überlegte schon, ob Lilly auch so weit sei, als beide eine eigenartige Begegnung hatten, die lange nachwirkte. Obwohl sie erst kurze Zeit in der Stadt waren, hatten sie schon einen ganz besonderen Lieblingsplatz, den sie gerne besuchten und der beiden wie eine wunderbare Oase in der Hektik der Großstadt erschien. Vor langer Zeit hatte es dort ein landwirtschaftliches Gut gegeben, das aber dem Zahn der Zeit nicht standgehalten hatte. Weil es aber eine wichtige historische Erinnerung für die Einwohner war, hatte man mitten zwischen großen Wohnblocks, das alte Gut wieder wie ein Museumsdorf aufgebaut, das Lilly und Daniela gleichermaßen verzauberte. Wo sonst in einer großen Stadt konnte man noch sehen, wie ein Pferd beschlagen oder Brot in einem Backhaus gebacken wurde? Oder wie Garn aus

Schafwolle gesponnen oder Fisch geräuchert wurde?

Während Daniela mit verzückten Blicken auf die Ketten und Arm-
bänder schaute, die eine junge Frau sehr geschickt aus Lederbän-
dern und Glasfundstücken knüpfte, saß Lilly am liebsten bei dem
alten Puppenspieler. Meist schnitzte er ruhig und bedächtig die
Köpfe seiner Figuren oder malte sie geschickt an, manchmal aber
spielte er auf der erhöhten Puppenbühne auch erfundene Geschichten. Die Kleine lachte meist entzückt auf, wenn ihre Lieblingsfigu-
ren erschienen, flüchtete sich aber sofort hinter ihre Mutter, wenn
die Situation brenzlig wurde. Daniela sah diese Angst mit Sorge,
wusste aber nicht, wie sie ihrer Tochter noch besser helfen könnte.

An einem besonders sonnigen Tag fehlte der Puppenspieler, als die
beiden zu seiner Bühne kamen. Lilly sah sich suchend um und verzog enttäuscht das Gesicht, war aber sofort wieder neugierig und
aufmerksam, als sich plötzlich ein jüngerer Mann der Bühne näherte. Er hatte dunkle, lockige Haare, einen kleinen goldenen Ring
im Ohr und die blauesten Augen, die Daniela je gesehen hatte. Und
er lächelte so ansteckend, dass jeder mitlächeln musste. Er ließ die
Puppen des alten Puppenspielers auf der Bühne tanzen und sang
lustige Lieder dazu. Lilly hatte dabei so viel Freude gehabt, dass sie
nach Abschluss der Vorstellung gar nicht gehen wollte und immer
noch auffordernd zur Puppenbühne schaute und klatschte.

Kurze Zeit später kam der junge Mann nach vorne. Er hielt eine neue Puppe auf seiner rechten Hand, die mit ihren weizenblonden Zöpfchen ein wenig Ähnlichkeit mit Lilly aufwies. Er ließ sie die Puppe begrüßen und fragte sie mit verstellter Stimme. „Hat dir das Singen auch so viel Spaß gemacht wie mir?"

Das Mädchen nickte nur vergnügt und schaute die Puppe so aufmerksam an, so als ob sie wirklich sprechen würde. Die setzte dann ganz ernsthaft fort: „Aber manchmal, wenn etwas Böses kommt, habe ich Angst, dann verstecke ich mich. Geht es dir auch so?"

Jetzt verzog Lilly weinerlich das Gesicht und antwortete. „Ja, wenn der böse Mann kommt, dann laufe ich weg."

Daniela wollte ihre Kleine an sich ziehen, aber der Mann hielt sie mit einer Handbewegung zurück und ließ die Puppe weitersprechen. „Wenn es so ist, dann habe ich etwas ganz Tolles für dich, ein Zaubermittel. Es ist aus Drachenblut geformt und macht dich stark und unbesiegbar. Dann musst du nie mehr Angst haben. Möchtest du es haben?" Er hielt ihr ein kleines dunkelrotes Herz hin. Lilly sah erst fragend zu ihrer Mutter und nickte dann mit leuchtenden Augen. Dann sah sie das Geschenk genauer an. „Aber es ist kaputt, es hat schon ein Loch."

Der Mann lächelte. „Das brauchst du, damit du es immer an einer Kette bei dir tragen kannst. Für Sie habe ich auch eins. Sie werden es bald brauchen."

Während Daniela noch überrascht das winzige dunkelrote Herz betrachtete, war der Fremde schon wieder verschwunden.

Zurück in der Wohnung konnte es Lilly kaum erwarten, eine Kette zu bekommen, um ihr Herz um den Hals zu tragen. Auch Daniela hatte bei aller Skepsis ein gutes Gefühl, als sie das Herz auf ihrer Haut spürte, so als ob es ein beruhigendes Pulsen auf ihr eigenes Herz übertragen könnte.

In dieser Nacht schliefen beide tief und ohne Störungen. Am nächsten Morgen erwachte Daniela lächelnd und konnte sich kaum erinnern, wann sie sich jemals so erholt und so stark gefühlt hatte und sie wusste auch ganz genau: Heute ist der entscheidende Tag!

Heute würde sie es schaffen, heute fühlte sie sich bereit, die Scheidung einzureichen.

Danach könnte sie sich gleich auf die Suche nach einer passenden Arbeit machen. Hoffnungsvoll bewegte sie ihr rechtes Handgelenk, es fühlte sich gut an und war auch wieder beweglich, trotz der Fraktur, die sie Holger verdankte. Offensichtlich hatte es sich gelohnt, das Gelenk trotz der Schmerzen wieder zu trainieren.

Schließlich waren ihr auch die wunderschönen Edelstein-Ketten gelungen, da könnte sie bestimmt auch wieder bei einem Zahntechniker überzeugen. Irgendwo würden ihre geschickten Finger sicher gebraucht. Und dann musste sie sich um einen Kitaplatz für Lilly kümmern und vielleicht auch eine eigene Wohnung…

„Moment", stoppte sie sich wieder ein wenig. „Erst einen Schritt und dann den nächsten".

Die Anwältin im Frauenzentrum begrüßte sie schon wie eine gute

Bekannte und beglückwünschte sie zu diesem ersten Schritt. Nachdem sie alle Unterlagen für die Ehescheidung ausgefertigt hatte, mahnte sie ein wenig Geduld an. Es würde einige Zeit brauchen, bis mit einem Ergebnis zu rechnen sei. „Nutzen Sie die Zeit gut, um für sich und ihre Tochter so viel Sicherheit und Normalität zu schaffen, wie nur möglich. Sie haben zwar gesagt, ihr Mann sei nicht an dem Kind interessiert, aber einen Sorgerechtsprozess können wir noch nicht ausschließen. Und denken Sie daran, dass Sie ihm auch irgendwann gegenüberstehen werden. Hier im Beratungszentrum gibt es eine Frau, die Selbstverteidigungskurse anbietet, das sollten Sie sich in jedem Fall mal ansehen."

Auf dem Heimweg fühlte sich Daniela so, als hätte sie gerade die Welt aus den Angeln gehoben, der wichtigste Schritt war getan. Allerdings kannte Holger jetzt ihren Aufenthaltsort und sie musste ständig damit rechnen, dass er nicht höchst erfreut, sondern eher wütend sein würde. Sie sah sich sofort vorsichtig danach um, wer ihr folgte, beruhigte sich aber gleich wieder, noch war Zeit sich vorzubereiten.

Im Frauenzentrum war sie gleich als nächstes zu Alice gegangen, um sich zum Training anzumelden. Diese Frau, die wunderschöne goldbrauner Haut hatte und erstaunlich flink war, vermittelte ihr wie die Anwältin auch wieder das Gefühl, sie könne das wirklich schaffen. Am Nachmittag hatte sie dann nach sehr langer Zeit auch ein erstes Vorstellungsgespräch, das erfolgreich verlief. Der Inhaber des Zahntechniklabors war überglücklich, eine gut ausgebildete Kraft zu finden und ließ sich auch auf eine vorübergehende Halbtagsbeschäftigung ein. Daniela hatte ihm nur kurz erläutert, dass ihre Kleine noch nie von ihr getrennt war und deshalb eine längere Gewöhnungzeit brauchte. Der Antrag auf einen Kitaplatz lief bereits und die Leiterin hatte ihr große Hoffnungen gemacht. Aber bis dahin freute sich Tante Josefine, die Kleine zu betreuen.

In den nächsten Tagen nahm das Leben von Daniela mehr und mehr normale Züge an. Sie ging morgens zur Arbeit, verbrachte den Nachmittag mit ihrer Tochter oder mit Tante Josefine und besuchte zwei Mal in der Woche abends das Selbstverteidigungstraining. Alice war im Training absichtlich sehr hart zu den Frauen, die Angst hatten, sich zu wehren, aus Sorge den anderen zu verletzen, so wie Daniela auch.

„Eure Sorge um den, der euch angreift, ist wirklich unbegründet, ihr müsst in erster Linie darauf achten, euch zu schützen. Stellt euch vor, euer Kind steht hinter euch und ist auf eure Verteidigung angewiesen. Entscheidet euch, wer wichtiger ist!"

Das half Daniela sehr und endlich konnte sie ihre ganze Wut wegen Holgers Verhalten, die sich ihn ihr aufgestaut hatte, in ihre Verteidigungsschläge einfließen lassen. Mit jeder neuen Verteidigungsvariante wuchs auch ihr Selbstbewusstsein, das Gefühl, sich und ihre

Kleine auch im Ernstfall schützen zu können.

Irgendwann, als Frühling bereits in den Sommer wechselte und es immer wärmerer und die Natur grüner und bunter wurde, begann Daniela schon morgens beim Blick in den Spiegel zu lächeln. Ihr ging es jetzt richtig gut! Lilly besuchte jeden Tag mit ihrer Tante den großen Spielplatz und hatte schon zwei neue Freundinnen. Die Arbeit machte ihr Spaß und vor zwei Tagen hatten sie, Lilly und Josefine sich jede ein neues Sommerkleid zugelegt und bei der Anprobe so albern gekichert, wie Teenager.

Die ständige Angst, Holger könnte plötzlich hinter ihr stehen, ließ nach, je länger sie am Abend wieder einen Tag der Normalität in ihrem Kalender abhaken konnte. Sie genoss einfach das Gefühl rundherum glücklich zu sein.

Als sie am nächsten Tag von der Arbeit nachhause ging, hätte sie am liebsten schon auf der Straße gesungen, ein schönes Wochenende lag vor ihrer kleinen Familie, sie würden den längeren Wanderweg probieren und dann ein Picknick machen, auf das sich Lilly schon freute. An der Kita winkte sie den Kindern zu, als die Leiterin sie heranrief. „Wir werden ab nächste Woche eine neue Gruppe bilden können. Wenn Sie wollen, könnte Lilly schon dabei sein."

Daniela strahlte und eilte mit schnellen Schritten nach Hause, glücklich darüber, Tante Josefine die gute Nachricht mitteilen zu können. Sie riss die Haustür weit auf und eilte die kleine Treppe nach oben, ohne sich zu kümmern, ob die Eingangstür schon wieder geschlossen war.

Gerade hatte sie die Wohnungstür geöffnet und wollte nach ihrer Tante rufen, als sie einen heftigen Stoß von hinten bekam. Die unerwartete Wucht schleuderte sie durch den kleinen Flur direkt in die Wohnzimmertür hinein, deren Glaseinsatz scheppernd zerbrach. Vom Schmerz der Schnittwunden an ihrer linken Hand fast betäubt, zog sie sich am Türrahmen hoch, um hinter sich blicken zu können.

„Hast du wirklich erwartet damit durchzukommen, mich mit dieser Scheidung lächerlich zu machen?"

Holgers Gesicht war schon rot angelaufen und er brüllte sie so unbeherrscht an, wie er es immer getan hatte.

Im ersten Moment war Daniela zurückgezuckt, dann aber ging ihre rechte Hand fast automatisch zu dem kleinen roten Herz, das sie um den Hals trug. Die plötzliche Kraft und die unwahrscheinliche Energie, die sie sofort spürte, ließen sie ihm mutig entgegentreten. Sie war absolut nicht bereit, sich all das wieder antun zu lassen, sie war bereit zu kämpfen. Hinter ihr in einem der Zimmer war ihre kleine Tochter und um sie zu schützen, würde sie alles tun.

„Antworte mir gefälligst, wenn ich dich etwas frage ", schrie er schon wieder und setzte zu einem neuen Schlag an, aber sie hielt dagegen. Obwohl es höllisch weh tat und das Blut aus den Schnittwunden tropfte, wich sie keinen Zentimeter.

Er blieb einen Moment stehen, um sie höhnisch zu betrachten. „Du glaubst wirklich, du könntest dich mit mir anlegen? Das wirst du bereuen!"

Und schon prasselten neue Schläge, vor allem in Richtung ihres Kopfes, aber genau das hatte sie oft genug bei Alice geübt. Deshalb konnte sie jeden seiner Angriffe parieren, so wie sie es gelernt hatte. Das brachte ihn noch mehr in Wut, vor allem, da sie jetzt um ihn herumtänzelte, um selbst gezielte Schläge anzubringen.

Allerdings spürte sie auch, dass sie dieses Tempo und diese Intensität nicht mehr lange durchhalten würde und war heilfroh, als sich plötzlich hinter Holgers Rücken die Küchentür öffnete und Tante Josefine mit der großen Gusseisenpfanne erschien. Nach einem kräftigen Schlag auf seinen Kopf sackte er sofort zu Boden und Daniela stürzte in die Küche, um nach Lilly zu sehen.

Die stand am Fenster und hielt krampfhaft ihr Drachenblutherz fest. Als sie ihre Mutter sah, warf sie sich in ihre Arme. „Siehst du, ich war ganz tapfer und brauchte mich nicht zu verstecken."

Natürlich zitterte dabei noch ihre Unterlippe und sie schmiegte sich fest an Danielas Hals. „Ich hatte wirklich keine Angst."

Die Polizei, die Tante Josefine alarmiert hatte, brachte auch einen Krankenwagen mit, deren Sanitäter Danielas Schnittwunden versorgten. Zum Glück gab es keine größeren Schäden, aber diesmal achtete auch sie darauf, dass alle Verletzungen genau dokumentiert wurden. Holger schien den Schlag gut verkraftet zu haben, denn er brüllte bereits wieder vor Wut und attackierte die Polizisten, die

ihm jetzt noch lieber die Handschellen anlegten und ihn festnah-
men.

„Am besten Sie erwirken eine einstweilige Verfügung für ein Kon-
taktverbot oder ein Näherungsverbot. Ihre Anwältin kann das erle-
digen, dann dürften Sie sich sicherer fühlen", riet ihr einer der Polizisten und Daniela nickte nur erschöpft.

Am Wochenende erholten sich die drei ausgiebig von ihrem Schre-
cken und genossen die Wanderung und das Picknick in der Gewiss-
heit, jetzt wirklich sicher zu sein, denn Holger war vorübergehend
festgenommen und am Montag würde Daniela mit der Anwältin die
nächsten Schritte veranlassen. Tante Josefine hatte auch ihren Spaß
mit den beiden zusammen zu sein, schien aber noch zu grübeln.

„Ich wusste ja, dass Alice mit ihrem Selbstverteidigung-Kurs tolle
Arbeit leistet, aber dass du in dem Moment so viel Mut und so viel
Kraft hattest, das war wirklich erstaunlich!"

„Das hat das Drachenblutherz gemacht", rief Lilly, „ich war auch
ganz tapfer!"

Tante Josefine lachte. „Ja, wenn es so ist, dann lasst uns auf dem
Heimweg am alten Gut vorbeigehen, dann brauche ich auch so etwas."

„Das ist eine gute Idee." Daniela lachte auch. „Dann können wir
uns bei dem freundlichen Mann dafür bedanken, er muss schon etwas geahnt haben."

Nachdem sie das Museumsdorf zwei Mal umrundet hatten, wurde ihnen klar, dass der lustige Mann mit den schwarzen Locken und dem Ohrring nicht da war. Allerdings konnte sich auch niemand von den anderen Künstlern an ihn erinnern.

„Das ist wirklich sonderbar, keiner weiß etwas über diesen Mann, nur ihr habt ihn gesehen und euch hat er genau im richtigen Moment ein tolles Geschenk gemacht", überlegte Tante Josefine.

„Dann war er bestimmt eine gute Fee", strahlte Lilly. Und keiner widersprach.

Jetzt erst recht!

„Das war's. Es ist alles erledigt, ich gehe jetzt. Tut mir wirklich leid, Chefin."

Britta Hoffmann nickte nur und winkte ihrer ehemaligen Servierkraft hinterher. Das war's wirklich, das Ende ihrer tollen vegetarischen „Eintopfküche", die sie vor vier Jahren mit so viel Begeisterung, Hoffnung und Mut eröffnet hatte.

Damals schien es ihr ein gutes Omen zu sein, dass sie in dem leerstehenden Laden im Erdgeschoss eines großen Mietshauses, sofort bildlich sehen konnte wie der Gastraum aussehen müsste und wo was zu stehen hatte.

Und der Start war tatsächlich überwältigend gewesen und hatte ihr das Gefühl gegeben, dass es auch so weitergehen würde. Aber leider war das nicht der Fall, denn danach kamen wie immer in ihrem Leben, drei schlimme Sachen gemeinsam, die sie aus der Bahn warfen. Die erste, den Lock down hatte sie noch ganz gut verkraftet, weil sie schnell auf Essen zum Mitnehmen umgestellt hatte. Die zweite waren fehlende Mitarbeiter, denn als sie endlich wiedereröffnen konnte, hatten sich die meisten bereits neue Jobs gesucht. Mit weniger Leuten auskommen zu müssen, erschwerte die Arbeit enorm und als dann als drittes Unheil, die Strom- und Gaspreise ins

Unermessliche stiegen, war das Aus für ihr Geschäft unausweich-
lich. Sie seufzte, *das Leben verlangt wirklich von uns sehr oft,*
Dinge wegzustecken, für die wir gar keine Taschen haben.

Das hatte ihre Mutter Lisbeth ständig betont und sie hatte wie immer recht. Britta seufzte erneut und blieb einfach noch ein wenig
im fast leeren Gastraum sitzen, obwohl er kein schöner Anblick
mehr war, denn zuhause erwartete sie noch mehr Leere.

Früher war dieser große Gastraum ausgesprochen gemütlich gewesen. Sie hatte gewollt, dass ihre Gäste sich so fühlen sollten, wie in
Mutters Küche. Deswegen gab es stabile Stühle aus Holz, auf denen man bequem saß und Tische, auf denen auch mal gekleckert
werden durfte. Dazwischen waren viele große Grünpflanzen, die
die Illusion nährten, man wäre auf dem Land und im Freien.

Britta strich sich die hellbraunen Haare zurück, die schon wieder zu
lang waren und ihr ohne die Küchenmütze ständig ins Gesicht fielen und betrachtete das Wandbild, auf dem ein Freund ihrer Tochter eine südliche Landschaft gezaubert hatte. Das alles war jetzt
Vergangenheit, genauso wie ihre einmaligen vegetarischen Eintöpfe, die sie korrekt nach den Rezepten aus dem Herkunftsland gekocht hatte.

Was sollte sie jetzt machen? In welche Richtung sollte sie gehen?
Britta schüttelte resigniert und deutlich ernüchtert den Kopf und
rief sich innerlich zur Ordnung. „Ich muss jetzt viel praktischer
denken", murmelte sie. „Wo kriege ich einen Job her?"

Genaugenommen hatte sie noch Glück gehabt, denn der Vertreter einer großen Fastfood-Kette wollte das Lokal übernehmen und hatte ihr das gesamte Mobiliar und die Kücheneinrichtung abgekauft. Ganz sicher wegen des guten Standorts, deswegen war sie ja damals auch auf das ehemalige Betten-Geschäft aufmerksam geworden. Ringsherum gab es kleinere Ämter und Behörden, die keine eigenen Kantinen hatten.

Anfangs waren noch alle von ihrem Angebot begeistert, aber irgendwann kamen nur noch die überzeugten Veganer. Sie schüttelte den Kopf, weil sie schon wieder am Grübeln war, aber wie könnte sie etwas Neues beginnen, wenn sie nicht genau wusste, wo etwas schiefgegangen war?

Vielleicht hätte sie ihr Angebot doch etwas breiter gestalten sollen, etwas normaler, vertrauter für die Kunden?

Schließlich aßen die meisten Menschen am liebsten das, was sie bereits kannten und mochten und eher seltener ihre rote Bohnensuppe mit Maisbrotstangen oder eine Baskische Piperade, natürlich ohne Schinken.

Aber ihr war es voller Begeisterung und missionarischem Eifer vor allem darum gegangen, dass sich ihre Kunden gesünder ernährten und Neues kennenlernten. Im Nachhinein begann sie etwas anders darüber zu denken. Sie hätte ihre Kundschaft bestimmt länger halten können, wenn sie etwas flexibler gewesen wäre und auch deren

Wünsche besser berücksichtigt hätte. Gesund ja, aber nicht so neuartig, in jedem Fall aber so lecker, dass man unbedingt zugreifen möchte.

Der Gedanke setzte sich in ihrem Hinterkopf fest, darüber müsste ich mal gründlich nachlesen und ein wenig recherchieren. Sie stemmte sich von ihrem Stuhl hoch und verspürte wieder etwas neue Energie. Schließlich war sie noch nicht am Ende! Ihr war bisher immer eine Lösung eingefallen und ihr würde auch jetzt noch etwas einfallen. Sie war doch erst 54, Rente oder Bürgergeld waren für sie noch lange keine Option!

Beschwingt von den ersten zaghaften Überlegungen zu einer machbaren Zukunft, schloss sie endgültig ab, warf den Schlüssel in den Briefkasten und fuhr mit neuen Ideen im Kopf nachhause.

In den nächsten Tagen las sie alles, was sie an Neuem über gesunde Ernährung finden konnte und achtete dabei besonders darauf, welche Wirkung die Inhaltsstoffe auf die Befindlichkeit von Menschen hatten. Gab es Speisen, nach deren Genuss man sich wohler fühlte oder konnte man sich sogar glücklich essen?

Immer wenn sie solche Hinweise fand, prüfte sie die möglichen Bezugsquellen und freute sich über jede Firma, über jedes Produkt, das hervorragend zu ihrem neuen Projekt passen würde.

Jeden Morgen stand sie schon mit glänzenden Augen am Herd und plante und probte die nächsten Schritte, um mit ihren Rezepten die

Menschheit nicht nur satt zu machen, sondern auch froh, beschwingt, zufriedener und natürlich gesünder.

Sie ließ sich Zeit, alles genau zu testen. Denn jetzt zahlte es sich
aus, dass sie vor zwanzig Jahren ein Haus am Stadtrand erworben
hatte, das mittlerweile abbezahlt war. Sie brauchte nicht schnell einen neuen Job, um die Miete zahlen zu können, sie konnte und
wollte sich auf ihr neues Projekt gründlich vorbereiten.

Ronald, mit dem sie damals zusammenlebte, war zwar ein Spinner,
der sich ständig auf den Weltuntergang vorbereitete und dessen
sonderbare Verschwörungstheorien schließlich zur Trennung ge-
führt hatten. Beim Grundstück aber, hatte er sie sehr gut beraten,
um sicherer und unabhängiger zu sein. Deshalb ließ sie schon damals im Garten einen Brunnen graben, baute dort auf einer großen
Fläche auch ihr eigenes Gemüse an und hatte als erste in der Gegend eine große Photovoltaik-Anlage auf dem Dach ihres Hauses.
Wenn sie zukünftig hier kochen würde, trieb ihr die Stromrechnung
nicht mehr die Tränen in die Augen, überlegte sie gerade, aber wie
sollte sie mit ihrem Angebot interessierte und hungrige Menschen
finden?

Da klopfte es an der Außentür und zusätzlich ertönte ein lautes Ge-
heul, das vermutlich den neuen Häuptling der Apachen oder
Attila, den Hunnenkönig ankündigte. Britta ließ den Kochlöffel fallen und rannte zum Eingang, um dort ihren Enkel Bobby aufzufan-

gen, der ihr fröhlich lachend in die Arme sprang. „Omi, wir besuchen dich ganz lange, hat Mami gesagt."

Britta hatte Mühe den quirligen Burschen im Arm zu behalten.

„Meine Güte, du bist ja schon wieder gewachsen."

„Ja, natürlich", er strahlte sie mit seinen blauen Augen an und zeigte auf seine Latzhose. „Die ist zu kurz, weil ich wachse wie der Wind!"

Bevor ihre Tochter Bella etwas sagen konnte, zog Britta die beiden ins Haus. „Kommt doch erst mal rein."

Besorgt betrachtete ihre Tochter, die noch blasser und verhärmter als sonst aussah. Die Ankündigung eines längeren Besuches schien ernst gemeint zu sein, denn sie hatte zwei Koffer aus ihrem kleinen Auto geladen und stellte sie neben die Tür.

„Ihr seht so aus, als müsstet ihr dringend etwas essen und dann unterhalten wir uns. Ich habe eine leckere Gemüsesuppe gekocht."

Bobby wand sich aus ihren Armen und starrte sie erbost an. „Gemüse esse ich nicht!" Trotzig schob der Dreijährige die Unterlippe vor.

Bella wollte gerade reagieren, aber Britta hielt sie ab und nickte nur verständnisvoll. „Natürlich, das musst du auch nicht. Dann essen deine Mami und ich die Würstchen in der Suppe selbst und ich mache dir ein Brot."

„Würstchen?" Die Frage kam sehr langgedehnt von Bobbys Lippen. Britta lächelte und hob ihn hoch, damit er in den Topf schauen

konnte. „Ach so, ja die esse ich auch gerne. Stimmt doch Mami?
Ich könnte auch schon den Tisch decken."

Und blitzschnell rannte er, um die Teller ordentlich auf den Kü-
chentisch zu stellen, die Löffel auszuteilen und dann seine Großmutter erwartungsvoll anzublicken.

Nach dem Essen gab es natürlich wie immer eine Diskussion darüber, ob ein Mittagsschlaf bei Dreijährigen noch angemessen sei,
aber die beendete Britta ganz schnell, weil Bobby über seinem
Nachtisch schon fast eingeschlafen war. Nachdem sie ihn in das
Gästezimmer gepackt hatte, kochte sie noch einen Kaffee und
setzte sich zu ihrer Tochter. „Wo ist das Problem oder wie heißt die
Katastrophe? Es geht doch um einen Mann, oder?"

„Das ist mein geringstes Problem, dafür habe ich überhaupt keine
Zeit."

„Dafür sollte man sich Zeit nehmen", lächelte Britta. „Aber ich
schätze, die richtigen Typen, die dir den Atem rauben, sind einfach
noch nicht aufgetaucht.

„Ach Mum." Bella stützte den Kopf in die Hände und stöhnte.

„Wenn es nur darum ginge. Ich wollte dich gar nicht damit überfal-
len, jetzt wo deine „Eintopfküche" geschlossen ist, aber ich weiß
nicht mehr weiter. Die haben unser Museum geschlossen."

Britta sah sie erschrocken an. „Was? Das geht doch nicht so einfach, da gibt es doch Gesetze."

Bella nickte nur. „Natürlich, deshalb haben sie es ja auch sozial verträglich gemacht. Es gibt Aufhebungsverträge und eine Abfindung, aber das löst doch nicht mein Problem. Ich habe keine Zukunft mehr! Natürlich habe ich sofort alle meine Kontakte genutzt und bei anderen Museen nachgeforscht, aber die sind alle von Sparmaßnahmen betroffen."

„Und wenn du in die Forschung gehen würdest, immerhin hast du Kunstgeschichte studiert."

Bella nickte resigniert. „Ich weiß, du hast damals schon gesagt, dass dieses Studium sinnlos sei. Jetzt kannst du dich freuen, du hast Recht behalten."

„Aber Kind, glaubst du wirklich, ich wollte, dass es so kommt?" Britta war entsetzt, so verbittert kannte sie ihre Tochter nicht.

„So habe ich es auch nicht gemeint. Entschuldige bitte, aber ich habe einfach noch so viel Wut in mir, weil die Leute vom Kulturamt so selbstherrlich entschieden haben, dass unsere Arbeit mit den Kindern nicht mehr notwendig sei. Was ist das für ein Land, das kein Geld für die Kunst und kein Geld für die Bildung ausgeben will? Am liebsten würde ich auswandern, wenn ich bloß wüsste wohin!"

„Und wenn es ein Land ohne Probleme gäbe, würde ich sofort mit dir gehen. Aber leider sehe ich da wenig Hoffnung, eher würden wir vom Regen in die Traufe kommen. Jetzt iss erstmal deinen Nachtisch und sag mir, was du davon hältst."

Bella tauchte ihren Löffel in die weiß-rosa marmorierte Creme, leckte ihn dann genüsslich ab und verdrehte die Augen. „Das schmeckt toll, Mum! Aber das sind keine Drogen drin oder?"

Britta lachte. „Nur körpereigene, ich habe ein wenig mit Phenylalanin und Tyrosin aus natürlichen Quellen experimentiert. Was ich erreichen will ist, dass sich jeder, der das genießt, entspannt, fröhlich und aktiv fühlt."

„Du klingst schon wie ein Lebensmittelchemiker und wenn das klappt, wäre das echt toll." Ihre Tochter sah sie fast bewundernd an. „Die Idee ist gut und bei der Stimmung, die die meisten haben, auch dringend notwendig. Ich fand den Eintopf schon sehr lecker und den Geschmack heimeliger als sonst, so wie früher bei Oma Lisbeth. Wahrscheinlich braucht man dafür doch etwas Fleisch. Obwohl ich nie im Leben erwartet hätte, dass du mal nicht mehr vegetarisch kochen würdest."

Lächelnd drehte sich Britta zu ihrer Tochter. „Wie kommst du denn auf diese Idee? Mein Eintopf ist vegetarisch."

„Das kann nicht sein! Ich kenne genügend vegetarische Würstchen, da verzichten die Hersteller immer gnadenlos auf den Geschmack, aber diese schmecken toll."

„Ja, weil die neu sind, aber immer noch vegetarisch und der Geschmack des Eintopfs auch. Das ist Teil meiner neuen Geschäftsidee."

„Mum, du bist schon wieder kaum zu bremsen, obwohl dir doch die Kunden weggeblieben sind."

Britta nickte. „Ich weiß, und mittlerweile weiß ich auch wieso.
Es ist den meisten Menschen leider immer noch egal, ob ihr Essen
supergesund für sie ist oder nicht. Es muss ihnen schmecken, das
ist die Hauptsache!
Und das berücksichtige ich auch in Zukunft. Ich kenne das schließlich auch von mir. Natürlich würde ich vom Kopf her sehr gerne
nur noch vegan essen, einfach, weil ich weiß, dass es besser für
mich wäre, aber mein Bauch will ab und zu auch Würstchen, Bulet-
ten oder Gulasch. Und da kommt meine neueste Entdeckung ins
Spiel, mit denen ich schon in Verhandlungen stehe, eine vegetarische Metzgerei, deren Produkte tatsächlich genauso schmecken,
wie die aus Fleisch. Und für den Geschmack des Eintopfs habe ich
noch extra etwas entwickelt, aber das zeige ich dir später."
Bella sah zum ersten Mal an diesem Tag wirklich interessiert aus,
also setzte Britta fort. „Wenn ich in Zukunft meine neuen Eintöpfe
anbiete, kann ich das für alle machen, für Vegetarier und für alle
anderen, die das auch mal probieren wollen oder denen es gesund-
heitlich besser bekommt."
„Das ist echt eine Superidee! Das nimmt einem auch das schlechte
Gewissen, wenn man einfach mal Appetit auf was Herzhaftes hat,
wie auf die Leberwurst von Oma Lisbeth. Die hätte ich immer
gerne zur Hand, wenn es mir nicht gut geht."
Britta grinste. „Das lässt sich machen, ich habe welche im Kühl-

schrank. Denn genau darum geht es mir mit meiner neuen Geschäftsidee auch. Das absolute Lieblingsessen, worauf doch eigentlich jeder ein Recht hätte, aber von den Zutaten her entschärft oder
verbessert, das ist wichtig für alle, egal ob sie immer vegetarisch,
essen oder nur mal kosten wollen. Jeder braucht doch so eine Lieb-
lingsspeise, die schon in der Erinnerung dafür sorgt, dass man sich
wie früher als Kind umsorgt und behütet fühlt."

Bella lachte. „Du meinst so etwas, wie Hühnersuppe für die
Seele?"

„Ja, aber die armen Hühner lasse ich leben. Du findest meine Idee
wirklich gut? Ich weiß allerdings noch nicht wie oder mit wem ich
sie umsetzen könnte."

Bella sprang auf. „Ich könnte dir helfen, wenn du willst. Ich habe
nämlich meine Wohnung für drei Monate vermietet und wollte in
der Zeit sowieso bei dir bleiben. Das war ein glücklicher Zufall,
eine Bekannte von einer Bekannten hat eine Dozentur hier in der
Stadt, die drei Monate dauert und mietet meine Wohnung. Das
Extrageld kann ich gut gebrauchen und wegen des Aufhebungsver-
trages kann ich mich sowieso erst später arbeitslos melden."

„Es sei denn du findest vorher etwas", wandte Britta ein. Aber ihre
Tochter schüttelte wieder mutlos den Kopf. „Ich habe einige Be-
werbungen zu laufen, auch dort, wo keine Leute gesucht werden,
bisher bekomme ich nicht einmal eine Antwort. Ehe ich mich deswegen verrückt mache, schnipple ich lieber dein Gemüse."

Und so hielten sie es für die nächsten Tage. Sie bereiteten unzählige Eintopf-Varianten von bekannten Gerichten vor, wie Leipziger Allerlei-Topf, Elsässer Kartoffeltopf mit Würstchen, Toskanische Linsensuppe, Lausitzer Möhreneintopf mit Klopsen, Thüringer Grüne-Bohnen-Eintopf oder schwäbische Gulaschsuppe mit Spätzle.

Neben den Eintöpfen sollte es auch Nudelschüsseln mit vegetarischen Soßen geben und natürlich Brittas neueste Kreation, den cremigen Nachtisch, der mit körpereigenen Wunderstoffen Menschen zufriedener und glücklicher machen sollte.

Endlich erfuhr Bella auch das Geheimnis der Tinktur, die ihre Mutter entwickelt hatte, um den Gemüseeintopf so schmecken zu lassen, als sei beim Ansatz schon leckerer Schinken oder Speck verwendet worden. „Das ist echt toll, das solltest du dir patentieren lassen."

Britta sah sie noch zweifelnd an, begann aber doch schon zu überlegen, als ihre Tochter anfing zu lachen. „Und du nennst es wie früher: *Koche mit Liebe, würze mit Bino!*"

„Auf keinen Fall!" Britta musste zwar auch kichern, war sich aber sehr sicher, dass ihre Tinktur viel besser sei.

Nachdem sie vieles geändert und die Rezepturen verbessert hatten, berechneten sie die Rezepte auch für unterschiedliche Größenordnungen und begannen schließlich am Ende der Woche, über die

Örtlichkeiten zu diskutieren.

„Denkst du wieder daran ein Lokal zu eröffnen?"

Britta musste bei Bellas Frage nicht lange überlegen. Darüber hatte sie schon einige Nächte lang nachgedacht. „Nein, auf keinen Fall. Um einen Eintopf aus einer Schüssel zu essen, muss man nicht eine Stunde oder zwei in einem Restaurant sitzen, das geht auch im Stehen. Außerdem reicht die Mittagspause bei vielen Menschen gar nicht für Gaststättenbesuche aus. Deshalb dachte ich an so etwas Ähnliches wie einen Imbisswagen, aber nicht mit Grill, sondern mit mehreren Kesseln, dass man die Suppen und Eintöpfe in passendem Umfang heiß machen kann."

Bellas Gesicht zeigte wenig Begeisterung, deshalb setzte Britta nach. „Du kennst wahrscheinlich nur solche Typen, die in altem Fett etwas braten, das sie dann Currywurst nennen. So etwas meine ich nicht! Ich habe auch nicht die Absicht auf Jahrmärkte zu gehen, sondern hätte am liebsten einen festen Standort am Heine-Platz. Dort wo früher das große Kaufhaus war, ziehen jetzt jede Menge Start-ups ein und daneben entsteht eine Berufsschule für medizinische und pflegerische Berufe, die auch keine Kantine haben werden."

Bella trocknete ihre Hände und strich sich ihre braunen Locken zurück. „Das ist eine gute Möglichkeit, aber dort muss man dich ja auch erst finden und das könnte schwierig sein. Nachdem fast jedes Dorf im Land Nachrichten über Fernsehkanäle verbreitet, hätte ich

eigentlich erwartet, dass unsere Stadtbezirke auch so etwas einrichten. Aber wenn ein neues Geschäft irgendwo entsteht, erfährst du
das immer noch aus der Zeitung. Könnte nicht jeder Bezirk einen
Nachbarschaftskanal bei You Tube haben, wo man Wissenswertes
mitbekommt?"

Britta nickte überrascht. „Das ist eine Super-Idee! Vielleicht solltest du in die Politik gehen."

Aber Bella winkte ab. „Das war nur eine Idee. Und hast du eine
Ahnung, was solche Imbisswagen kosten?"

„Bisher noch nicht." Britta lächelte unbekümmert. „Aber das ist
das nächste, was ich prüfen werde. Einen Antrag auf den Stellplatz
habe ich schon abgeschickt. Den genauen Wagentyp kann ich doch
immer noch nachreichen."

Auch als ihre Mutter den Raum verlassen hatte, um das nächste
Problem zu lösen, schüttelte Bella immer noch erstaunt den Kopf.
Ihre Mutter hatte schon wieder eine beneidenswerte Energie, obwohl sie gerade ihren Lebenstraum, die einmalige „Eintopfküche"
verloren hatte. „Ich sollte auch aufhören auf andere wütend zu sein
und mir etwas Neues überlegen", murmelte sie. Dann musste sie
grinsen. Die Power kam bestimmt von dem vielen gesunden Essen,
denn sie fühlte sich auch schon unternehmungslustiger. Hätte nicht
jeder gerne so viel Energie und könnte das durch das richtige Essen
auch relativ schnell erreichen?

Und wieso machte sie aus diesem Wissen nicht auch etwas? Noch ehe sie lange nachdenken musste, flog ihr eine Idee zu. Jetzt wurde ihr Grinsen schon etwas verwegener. Das wäre genau das Richtige für sie und könnte auch für Mum wirklich nützlich sein.

Schon am nächsten Tag machte sich Britta zur Besichtigungs- und Einkaufstour auf, während Bella das restliche Gemüse aus dem Garten zum Einfrosten vorbereitete und weiter über ihre Idee nachdachte. Sie war als Köchin nur einigermaßen passabel und keine Zauberin am Herd, wie ihre Mutter. Ganz sicher könnte sie die einzelnen Arbeitsschritte beim Kochen nie so gut erklären wie sie, aber wenn sie das Ganze mit Bobby und für Eltern und Kinder machen würde, wäre das ja so ähnlich wie ihre bisherige Tätigkeit im Museum. Erleichtert über diese Erkenntnis und beschwingt von dieser Idee setzte sie ihre Planung fort.

Zwei Tage später stand ein Imbisswagen vor dem Haus, der in einer faszinierenden Farbgebung zwischen Blau und Silber weithin leuchtete und von Bobby mit halboffenem Mund ehrfürchtig bestaunt wurde. „Mami, komm schnell, das Auto ist riesig! Das ist bestimmt größer als ein Flugzeug und es gehört Omi."
Die kam gerade vom Schließen des Gartentors zurück, sah die zweifelnde Miene ihrer Tochter und lächelte. „Es ist nur geliehen, ich muss mein Konzept ja erst mal ausprobieren und sehen, ob und

wie es sich rechnet. Außerdem muss ich lernen mit diesem Riesen-
gefährt um die Kurven zu gelangen. Aber ich bekomme es sehr
preiswert, weil ich an einem Modellversuch teilnehme."

Während sie anerkennend über die farbige Außenhaut strich, begann sie mit großer Gestik weiter zu erklären. „Darf ich euch vorstellen: Das ist Tante Berta, meine Eintopfküche für unterwegs. Sie
ist äußerst effizient und fast geräuschlos, weil sie einen E-Antrieb
hat und das Beste ist, ich kann sie hier auch wieder aufladen, mit
meinem Solarstrom."

Als sie einladend die Tür öffnete, drängten sich die beiden neugierig in das Innere, „Hier kommen noch die beiden Kessel hin, die
ich schon bestellt habe und dort in die Aufhängung sollen große
Kräutertöpfe und hier unten ist eine Spülmaschine für das Ge-
schirr."

„Du hast dir wirklich alles genau überlegt", nickte Bella anerkennend als sie wieder vor dem Wagen standen. Auch sie hatte sonder-
barerweise das Bedürfnis über die blausilberne Verkleidung zu
streichen, als ob das Glück bringen würde. Während sie über diese
komische Anwandlung nachdachte, nahm sie aus dem Augenwin-
kel wahr, dass auch Bobby und ihre Mutter ständig über die Verkleidung strichen.

„Entweder ist es die Farbe oder das Material, irgendetwas scheint
eine besondere Anziehung zu haben. Man möchte es dauernd an-
fassen."

Britta lachte. „Das ist doch ein guter Anfang. Als ich unterwegs halten musste, haben das einige Leute auch gemacht und drei haben mich gefragt, wo ich meine Eintöpfe verkaufe."

Dann stutzte sie und betrachtete den Wagen genauer. „Das ist doch wirklich komisch, weil da noch gar keine Aufschrift ist. Das *Eintopf*-Schild fehlt ja noch an meiner Tante Berta."

Bella grinste. „Vielleicht ist dieser Imbisswagen wirklich so eine Art Glücksbringer, wie das Bronzeschwein in Florenz oder die Männerskulptur auf der Kleinseite in Prag, der alle ans Knie fassen, um das Glück anzulocken. Wie bist du denn an dieses tolle Gefährt gekommen? Das wurde doch bestimmt nicht bei Ebay angeboten?"

„Nein, natürlich nicht, aber das war schon komisch. Ich hatte mir vorher zwei gebrauchte Wagen angesehen und war schon fast dabei, die Idee wieder fallen zu lassen, weil das, was ich da gesehen hatte, absoluter Schrott war. Dann habe ich mich in dem kleinen Park am Rilke-Monument mit einem netten alten Ehepaar unterhalten und von denen habe ich den Tipp."

„Weil der Vermieter ihr Sohn ist oder so etwas?" Bella sah sie so zweifelnd an, dass auch Britta begann genauer nachzudenken.

„Nachdem es mit Tante Berta geklappt hatte, war mir eigentlich egal, woher ich die Information hatte. Aber wenn ich jetzt so überlege, war das wirklich sonderbar. Sie sahen nicht so aus, als hätten sie Ahnung von Technik. Die Frau trug einen großen Hut mit Blumen und der Mann hatte wilde graue Locken und einen Ring im

Ohr. Wahrscheinlich Künstler, habe ich gedacht, aber vielleicht waren sie auch etwas ganz Anderes. Hauptsache ihr Tipp war gut und dafür bin ich echt dankbar."

Bella nickte zustimmend. „Wann geht es los?"

„Wenn es nach mir ginge sofort", lachte Britta und strich wieder fast zärtlich über die Verkleidung des blausilbernen Wagens. „Aber wie immer bremst der Amtsschimmel die besten Initiativen aus. Meine Konzession und auch die Gesundheitszeugnisse sind noch gültig, aber für dieses Gefährt brauche ich vermutlich auch noch eine Reisegewerbeerlaubnis und die Genehmigung für den Standplatz von der Stadtverwaltung ist auch noch nicht da. Ich sollte mal nachfragen, so lange wird es ja wohl nicht dauern ja zu sagen und etwas abzustempeln."

Zwei Tage später war auch das wunschgemäß erledigt, wie Britta stolz beim Mittagessen berichtete. „Stellt euch vor, ich brauchte nur einmal anzurufen und die Genehmigung kommt mit der Post."

„Oh, da haben es die Politiker doch offensichtlich ernst gemeint, endlich eine funktionierende Verwaltung zu schaffen", grinste Bella.

Aber Britta schüttelte den Kopf und prophezeite: „Darauf müssen wir wohl noch etwas länger warten. Hier war es eher der kleine Dienstweg. Die Buchhalterin aus meiner „Eintopfküche" arbeitet jetzt dort und hat sofort auf meine Bitte reagiert."

„Und jetzt fährst du wirklich mit der dicken Berta los? Darf ich

mitfahren, ich bin eigentlich schon ziemlich groß für mein Alter."
Bobby rutschte bereits seit einiger Zeit auf seinem Stuhl hin und
her, als hätte er Hummeln unter dem Hintern. Aber Britta schüttelte
sofort den Kopf. „Nein, das geht nicht. Mit Tante Berta darf ich
keine Kids mitnehmen, das verbietet das Gesetz, auch nicht, wenn
sie schon älter wären als du."

„Dann ist es in Ordnung, Omi. Dann brauche ich dir auch nicht
mein Geheimnis zu verraten, um mit dir zu tauschen."

„Sei still, du hast es versprochen!" Bella gab ihm einen Klaps auf
die Schulter.

„Ich sag ja nichts", verteidigte sich Bobby gekränkt. „Nur, dass wir
ein Geheimnis haben, aber nicht, was es ist. Aber du wirst dich bestimmt freuen, Omi."

An dem Tag, an dem sich entscheiden sollte, ob ihr neues Ge-
schäftskonzept solide war, stand Britta schon sehr früh am Herd
und bereitete die geplanten Speisenangebote vor. „Es ist gut, dass
ich genug zu tun habe und mir keine Gedanken machen muss, ob
überhaupt jemand kommt", murmelte sie während sie gleichzeitig
in zwei riesigen Töpfen rührte. Natürlich waren die Abläufe anders,
als früher in der Küche der Gaststätte, aber sie fühlte sich schon
sehr wohl damit. Wenn nur nicht diese Unsicherheit wäre! Sie lächelte, als Bobby und Bella in die Küche kamen und ihr zuerst
Glück wünschten.

„Hast du auch genügend vorbereitet?" Bella schaute über die Kessel, die noch zum Wagen transportiert werden mussten.

„Ach, ich bin mir so unsicher, vielleicht sollte ich weniger mitnehmen, falls niemand kommt."

„Nein Omi, ganz bestimmt nicht. Heute haben alle einen Riesenhunger auf dein Essen", rief Bobby, um sich anschließend erschrocken den Mund zuzuhalten, als hätte er zu viel verraten.

Wenn es doch nur so wäre, dachte Britta immer noch sorgenvoll, als sie losfuhr. Der Weg war nicht sehr weit, aber als sie um die letzte Kurve bog, glaubte sie sich verfahren zu haben, weil sich da schon ein Menschenauflauf gebildet hatte.

„O je, wahrscheinlich irgendeine politische Aktion", murmelte sie.

„Damit habe ich nun wirklich nicht gerechnet, da könnte heute einiges danebengehen."

Als sie jedoch den Eintopf noch einmal erhitzt hatte und dann die seitlichen Ablagen herausklappte und den vorderen Schalter öffnete, hatte sich vor ihrem Wagen schon eine Schlange gebildet, die sie beinahe mit offenem Mund bestaunt hätte. Aber sie fing sich schnell. „Schön, dass ihr das seid Leute! Ich habe heute im Angebot...".

Und während sie ihr spezielles Angebot herunterratterte und auch auf die seitlichen Speisekarten-Tafeln verwies, die Bella gut leserlich beschriftet hatte, füllte sie schon mit flinken Fingern die ersten

Schüsseln und kassierte auch ihre ersten Einnahmen. Zum Nachdenken kam sie in der nächsten Stunde nicht, denn die Kunden strömten ohne Pause heran. Gegen 13.00 Uhr hatte sich dann die Menge zum Glück verlaufen, denn ihre Kessel waren auch leer. Immer noch verwundert, aber dennoch höchst zufrieden fuhr sie wieder nachhause. Dort wurde sie von ihrer Tochter und Bobby schon in der Einfahrt empfangen.

„Und war es toll?", schrie der Kleine, während er wie ein Flummi so um sie herum hüpfte, dass seine braunen Locken wild wippten. Britta beugte sich zu ihm und zog ihn kurz in die Arme. „Es war ganz toll, aber ich verstehe immer noch nicht, woher die Menschen wussten, dass ich heute komme. Ich hatte doch nur ein paar Flyer ausgelegt, das hätte niemals so viele Menschen dorthin gebracht."

„Ich weiß es", schrie Bobby jetzt noch aufgeregter und hüpfte vor ihr her. „Da kommst du nie darauf, Omi. Ich war es! Ich habe den Leuten gesagt, dass meine Omi heute tolle Suppe hat."

Britta sah ihre Tochter fragend an, doch die lächelte nur. „Er hat recht, ich zeige es dir gleich."

Und dann saß sie ganz gespannt vor Bellas Laptop und sah wie ihre Tochter und ihr Enkel in ihrem neuen You-Tube-Kanal eines ihrer einfacheren Eintopfrezepte zubereiten und hörte selbst, wie beide von Brittas Eintöpfen schwärmten und auch den Standort erwähnten. Ihr schossen die Tränen in die Augen.

Besorgt trat Bobby näher und sah sie treuherzig an. „Haben wir etwas falsch gemacht?"

„Nein, auf keinen Fall!" Sie zog ihn in die Arme. „Das sind Freu-
dentränen."

Zum Erstaunen von Britta hielt die Nachfrage nach ihren Eintöpfen
an, ja sie schien sogar immer stärker zu werden, so dass Bella gele-
gentlich mit ihr fuhr und kassierte, während Britta die Schüsseln
füllte. Es war viel Arbeit für sie, aber sie blühte dabei auf.

Endlich hatte sie das, was sie immer wollte: Menschen, die ihre vegetarischen Eintöpfe unbedingt essen wollten, in den sozialen Netzwerken davon überschwänglich schwärmten und auch immer wieder kamen. Und mit dem cremigen Nachtisch hatte sie einen besonderen Nerv bei allen getroffen, die kreativ arbeiteten und schworen,
dass ihnen damit die Ideen nur so zufliegen würden.

Auch Bella schien ihre Unsicherheit und die Angst vor der Zukunft
mehr und mehr zu verlieren, je mehr sie sich auf die Kochkurse für
und mit Kindern einließ.

So könnte es weitergehen, dachte Britta, als sie wieder einmal mit
leeren Kesseln zurückfuhr, aber eigentlich könnte man daraus noch
viel mehr machen. Schon die ersten Ideen, die ihr dann einfach zu-
flogen, zauberten ein Lächeln auf ihr Gesicht. Wie lange war es
her, dass sie traurig in dem verlassenen Gastraum gesessen hatte?
Es waren wirklich nur wenige Wochen vergangen, seit sie ihre

„Eintopf-Küche" schließen musste und keine Perspektive hatte.
Und heute hatte sie zwar nur ein kleines Unternehmen, aber das lief
so gut, dass daraus etwas viel Größeres entstehen könnte, wenn sie
Mitstreiter für ihre neue fantastische Idee finden würde. Wer stehen
bleibt, fällt zurück! Das hatte sie schon oft gehört, aber sie würde
weitergehen, jetzt erst recht!

Als sich Bellas Aufenthalt dem Ende näherte und sie wieder in ihre
Wohnung auf der anderen Seite der Stadt ziehen würde, hatte sie
nicht nur die Kochkurse bei You Tube mit Bobby fortgesetzt, sondern hatte ihren Instagram-Account ganz auf die vegetarische Ernährung zugeschnitten und bereits erste Aufträge für Posts erhalten,
die es ihr auch finanziell ermöglichten, ihr Engagement weiter aus-
zubauen.

Als sie ihrer Mutter freudestrahlend davon berichten wollte, fand
sie sie im Garten, wo sie unter dem großen Apfelbaum, der bald ab-
geerntet werden musste, in einer fröhlichen Runde, gerade mit Sekt
anstieß. „Du kommst genau richtig", rief Britta ihrer Tochter zu.
„Wir feiern hier ein völlig neues Projekt, eine Kooperation von uns
vieren."

Bella sah sie nur fragend an und setzte sich auf den herangezoge-
nen Stuhl, während ihre Mutter die beiden älteren Frauen und den
jungen Mann vorstellte: „Das ist Karoline, ihr gehört die vegetarische Metzgerei."

Die rundliche Frau mit den hochgetürmten weißen Haaren reichte ihr die Hand und lachte. „Wir nennen es Vetzgerei."

„Und das ist Rosalie, ihr gehört eine Frosterei. Ich habe keine Ahnung, ob es diesen Begriff wirklich gibt, aber er trifft es genau. Sie sorgt dafür, dass wir immer ausreichend geschnittenes, gewürfeltes oder geraspeltes Gemüse haben, das frisch gefrostet wurde. Außerdem gibt sie damit vielen Frauen, die noch kein Deutsch sprechen, eine Arbeit, die sie aus Erfahrung gut beherrschen."

Bella schüttelte auch der schwarzhaarigen Frau mit den weißen Strähnen die Hand, betrachtete aber ihre Mutter immer noch erstaunt, denn so kannte sie sie überhaupt nicht. Das Sprechen fiel ihr schon ein wenig schwer, vermutlich feierten sie schon länger.

Britta hatte sich wieder etwas gesammelt. „Und das ist Angelo, er hat Tante Berta entwickelt. Also, wir vier haben eine Kooperation gegründet, die in Zukunft dafür sorgen wird, dass jeder der vegetarisch essen will, wohlschmeckendes, leckeres Essen bekommt. Aus meiner Tante Berta wird eine ganze Flotte, die von jungen Leuten gefahren werden kann, die sich zum Studium was dazu verdienen wollen."

„Wir beginnen mit vier Wagen", ergänzte der junge Mann, der Bella aus seinen hübschen dunkelgrünen Augen aufmerksam musterte. „Das, mit der Flotte kommt etwas später."

Britta lächelte nur über den Einwand und setzte fort. „Das Essen wird vorher in einer Versuchsküche vorbereitet, die ich leiten werde und die wir auf dem Gelände von Karolines Firma einrichten. In den Imbisswagen werden gleichzeitig in Glas abgefüllte Wurst, Gulasch und Nudelsoßen verkauft, diese Strecke von der Entwicklung bis zum Schluss wird Karolines Sohn übernehmen. Und die Tochter von Rosalie wird den größten Teil der Werbung übernehmen, aber sie hätte dich gerne als Influencerin dabei. Was sagst du?"

„Ich bin sprachlos, aber das hört sich fantastisch an."

„An die Versuchsküche würde ich gerne noch einen Raum anschließen, dort könntest du auch die Kurse für Kinder aufnehmen oder auch direkt halten", ergänzte Karoline und setzte voraus, dass ihr Vorschlag auf genauso viel Zustimmung stoßen würde, wie die vorherigen auch. Es gab noch viele Anregungen und Ideen an diesem Abend, an dem es sehr lustig war und nachdem Bobby schlief, auch noch etwas mehr Sekt floss.

Am nächsten Morgen saßen Mutter und Tochter mit schweren Köpfen am Frühstückstisch. Bobby war erstaunlich leise und rücksichtsvoll.

„Ich kann mich nicht mehr genau erinnern, ob wir gestern alles genau besprochen haben," Britta seufzte, während sie auf die Wirkung der Kopfschmerztablette wartete. „Aber wir haben vorher einen sauber formulierten Vertrag unterzeichnet. Dann wird es echt eine tolle Sache für uns, für viele Interessierte und auch für unseren Planeten."

Bella nickte und lächelte noch etwas mühselig. „Als ich kam war ich echt down und wollte dich gar nicht mit meinen Problemen belasten, wo du doch auch gerade dein Lebenswerk verloren hattest. Aber du hattest schon wieder so viel Energie, so viele Ideen, dass ich mitmachen musste. Mum, wenn du das in Flaschen abfüllen und verkaufen könntest, würdest du Millionen machen."

Britta lachte und lehnte sich jetzt mit schmerzfreiem Kopf zurück. „Damals habe ich nur gedacht, meine Idee ist gut, davon bringt mich keiner ab. Jetzt erst recht! Und auch die neuen Aufgaben werden einiges von uns verlangen, werden uns eine Menge Druck bescheren. Aber wir kriegen es hin, wie immer. Nur unter Druck entstehen Diamanten! Wer hat das gesagt? Keine Ahnung, aber das kann nur eine kluge Frau gewesen sein."

Ein Mann fürs Leben

Es wird tatsächlich Frühling! Maja Bürger lächelte wie jeden Morgen, wenn sie die „Weiberwirtschaft" betrat.

Eigentlich war jede Jahreszeit in diesem kleinen Einkaufszentrum schön, aber nach einem langen Winter ohne Schnee, dafür aber mit viel Regen und trüben Tagen, war die Sonne, die bereits die ersten Knospen aus den Bäumen lockte, höchst willkommen.

Die Rentner-Brigade mit Kalle, Hajo und Fietje war schon beim Pflanzen der ersten Primeln und Stiefmütterchen, die mit ihren leuchtenden Farben sofort die Laune verbesserten. Auch der große Mühlenradbrunnen in der Mitte des Platzes, über dem ein Drachen wachte, hatte schon seinen Winterschutz verloren und pumpte zuverlässig sein Wasser in die schmalen Gräben, die den Platz durchzogen und sein italienisches Flair verstärkten.

Ihre zweijährige Tochter Lillemor war ein großer Fan des Drachens und musste ihn jeden Morgen erst ausgiebig begrüßen, ehe sie zu ihrer vietnamesischen Tagesmutter Hoa ging, die alle Kinder betreute, die in der „Weiberwirtschaft" in relativ kurzer Zeit nacheinander geboren waren. Nachdem sich Maja mit unzähligen Küsschen von ihrer Tochter verabschiedet hatte, öffnete sie ihren Laden „Majas Leseecke" pünktlich und freute sich wie immer schon, wenn sie den großen Raum mit den weißen Bücherregalen betrat.

Inzwischen wussten immer mehr Kundinnen zu schätzen, dass es bei ihr etwas ganz Besonderes gab, nämlich einen großen Bereich, ausschließlich für Liebesromane. Dieses Areal war durch seine rosafarbenen Wände und die dunkelroten, bequemen Lesesessel nicht zu verfehlen. Gegenüber war der Anlaufpunkt für die Fans von Krimis, besonders Cosy Crimes oder Kuschelkrimis, mit blauen Wänden kenntlich gemacht.

Eigentlich wollte sie nie ein eigenes Geschäft eröffnen, aber vor etwas mehr als drei Jahren gab es einen Wechsel in der Firma, in der sie lange Zeit gut und sehr zufrieden gearbeitet hatte. Der neue Chef machte ständig Fehler und versuchte ihr die Schuld zuzuschieben. Diesen Ärger wollte sie sich nicht mehr antun und hatte gekündigt. Noch während sie sich Alternativen überlegte, hatte ihre Freundin Judith von der „Weiberwirtschaft" und den Chancen und Möglichkeiten dort geschwärmt und sie mit ihrer Begeisterung mitgerissen. Auch ihr hatte die Idee eines kleinen Handelszentrums, in dem nur Frauen die Chefs sein durften, sehr gut gefallen.

Also war sie mit Judith das Wagnis eingegangen, selbständig zu werden und hatte es nie bereut. Obwohl Judith ihr damals gleich vorgeschlagen hatte, eine Partnervermittlung zu gründen, hatte Maja als Geschäftsidee eher eine Buchhandlung vorgezogen. Schließlich war sie fast in dem Buchladen aufgewachsen, den ihre Eltern lange Jahre betrieben und liebte Bücher schon immer. Außerdem konnte sie hier so ganz nebenbei ihr besonderes Talent nutzen und Menschen glücklich machen.

Judith hatte ihre Backstube nebenan und dazwischen lag ein kleines Café, das sie beide gemeinsam eingerichtete hatten und auch regelmäßig nutzten. Judith bot dort ihre tollen Beerenkuchen an und Maja brauchte den Platz, um den großen Andrang bei Autorenlesungen zu bewältigen.

An diesem Morgen war Judith noch nicht zu sehen, als Maja nach rechts schaute, nur Oma Freya war schon bei der Teigzubereitung. Sie rief ihr einen Gruß zu und setzte sich in ihre kleine Büro-Ecke, die sie vom Geschäft etwas abgetrennt hatte. So konnte sie immer sehen, wenn jemand den Laden betrat, denn die Aushilfe kam nur am Nachmittag.

In dieser Ecke befand sich auch die wachsende Fotowand der glücklichen Menschen, denen sie mit ihrer Kontaktbörse geholfen hatte, ihre Traumpartnerin oder ihren Traumpartner zu finden. Aber auch allen, die sich einfach jemanden wünschten, der gemeinsam mit ihnen ihrem Hobby nachging, konnte sie mit ihrer außergewöhnlichen Fähigkeit helfen. Denn sie hatte, wie Kati, die Geschäftsführerin des Einkaufszentrums immer sagte, ein untrügliches Radar dafür, wer zu wem und auch auf Dauer passte.

Wie sie das genau machte, wusste Maja selbst nicht, vermutlich war diese besondere Gabe einfach angeboren. Auf jeden Fall traf sie bisher immer ins Schwarze, deshalb war ihr Maja-TÜV längst nicht mehr nur ein geflüsterter Geheimtipp, sondern schon bei vielen bekannt und sehr beliebt, obwohl sie eigentlich nur mit einer einfachen Kontaktbörse beginnen wollte.

Mit jedem Erfolg, der bekannt wurde, wuchs die Zahl der Interessierten. Und es kamen nicht nur Menschen, die sich mit ihren Partnern einfach sicherer fühlen wollten oder erneut suchen mussten, sondern auch solche, die schon lange Zeit vergeblich gesucht hatten.

Maja seufzte, als sie an ihren zurzeit schwierigsten Fall Eva König dachte und strich schon fast verzweifelt ihre hellbraunen Locken zurück. So eine komplizierte Kundin hatte sie noch nie!

Bisher war es immer erstaunlich leicht gewesen, Menschen den zu ihnen passenden Partner in einer besonderen Situation vorzustellen, nämlich dann, wenn es um das bevorzugte Hobby von beiden ging. Wenn sich jemand wirklich sehr darüber freute, endlich eine tolle Partnerin oder einen tollen Partner zu treffen, die genauso gerne Kanu fuhren, Schlager sangen oder Bergwandern liebten, dann war es leichter, kleine charakterliche Ecken und Kanten zu übersehen. Aber bei Eva klappte diese Methode überhaupt nicht.

Maja hatte die begeisterte Opernbesucherin mit einem früheren Musikredakteur zusammengebracht, der fast nur für die Oper lebte, aber nach dem Treffen war er enttäuscht und Eva König ziemlich aufgebracht. Bei Maja hatte sie sich dann ausgiebig beschwert.

„Dieser Mensch hat sonderbare Vorstellungen davon, wie man

„Turandot" inszenieren sollte, die sind dermaßen schräg, da muss man sich doch wirklich fragen, ob er sein Gehirn bei einem Probe-Abo bekommen hat. Ich hoffe, dass Sie noch bessere Kandidaten haben."

Als Maja am nächsten Tag ihrer Freundin Judith von der schwierigen Kundin berichtet hatte, zuckte die nur lakonisch mit den Schultern und versuchte sie zu trösten. „Bei manchen Frauen sind die schlimmsten Problemzonen nicht Bauch, Beine, Po, sondern der Kopf. Dir wird schon das Richtige einfallen."

Und Maja hatte nur genickt, obwohl sie eher Evas Herz als Problemzone sah und natürlich ihre Anstrengungen wieder verdoppelt.

Da Eva gerne lateinamerikanisch tanzte, wählte Maja für sie einen Mann aus, der nach der Meinung vieler Frauen wie ein junger Gott tanzte und viel Temperament bewies.

Bei Eva machte er dennoch keinerlei Punkte, wie sie beim nächsten Treffen berichtete. „Zu einer Note Zehn reicht das leider nicht. Dieser Mann hat doch kein Feuer, höchstens die Ausstrahlung einer Schlaftablette. Und seine Versuche mit mir zu reden, entsetzlich! Bei dem möchte ich keine Gehirnzelle sein, die Einsamkeit würde mich umbringen!"

Auch die letzte Verabredung, die Maja organisiert hatte und bei der sie sich eigentlich erneut sehr sicher war, endete wieder ohne Ergebnis.

Dabei passten die beiden wirklich sehr gut zusammen, Eva, die einen wundervollen Sopran hatte und Georg, der frühere Musikdozent, der immer noch zwei Chöre leitete und eine Energie ausstrahlte, die ihn jünger als seine 67 Jahre wirken ließ. Georg schien schon sein Herz verloren zu haben und auch Eva anerkannte vieles an ihm, störte sich aber an dem Bauchansatz, den Maja bei dem schlanken und gut trainierten Mann kaum wahrgenommen hatte. Was war nur mit dieser Frau los, die eigentlich immer wieder beteuerte, einen Partner finden zu wollen, aber dann offensichtlich zurückschreckte oder völlig neue Erwartungen entwickelte?

Bis jetzt hatte sie jeden Mann abserviert und das nicht gerade auf die nette Art. Sie schien eine geheime Checkliste in ihrem Hinterkopf zu haben, die dazu führte, dass sie passende Partner ablehnte, ohne dass Maja nachvollziehen konnte, woran es diesmal genau lag.

Natürlich sah die Frau für ihre 64 Jahre fantastisch aus und erwartete sicher ein ähnlich gutes Aussehen. Maja hatte sie anfangs schon wegen des feingeschnittenen Gesichts und der fast glatten Haut auf höchstens 45 geschätzt. Dazu kamen blaue Augen, die beinahe violett schimmerten und leicht gewellte halblange Haare in echt wirkendem weißblond.

Das Aussehen schien ihr wirklich sehr wichtig zu sein, nicht nur bei sich, auch bei den Männern schien sie den Fokus sehr stark auf das Äußere zu legen. Maja fand das zwar ein wenig unreif, aber

Eva König schien sonst sehr genau zu wissen, was sie wollte oder was sie wert war. Maja erinnerte sich an die ersten Gespräche, in denen sie ihr noch empört erzählt hatte, dass ihre Firma ins Ausland verlegt worden war und man offensichtlich keinen Wert mehr auf die bisher unverzichtbare Bürochefin Eva legte und sie in den Vorruhestand schickte.

Das hatte sie schwer getroffen, aber nur so lange, bis sie ein neues Projekt gefunden hatte, den idealen Partner, den sie mit Majas Hilfe entdecken wollte.

Maja seufzte wieder. Bisher war sie mit Feuereifer an die Suche gegangen, aber mittlerweile blieben die Ideen und auch die geeigneten Partner aus. Sie war immer der Überzeugung gewesen, dass es nicht nur die Eine oder den Einen gäbe, sondern immer mehrere Möglichkeiten, aus denen beide etwas machen könnten. Und wie gut die Übereinstimmung zweier Menschen bereits war, das konnte sie deutlich spüren, aber ihre Kundin sah das ständig anders.

Sollte sie jetzt einfach aufgeben und Eva König ihrem Schicksal überlassen?

Nein, sie straffte sich. Genau das würde sie nicht tun! Jeder hatte das Recht glücklich zu sein, jemanden zu finden, der für sie oder ihn die Welt war und das Gleiche auch für ihn oder sie bedeutete. Schließlich hatte sie ihren Lars auch erst beim zweiten Anlauf gefunden. Und wenn es nicht gleich klappte, dann müsste sie sich etwas Neues einfallen lassen, um die Erwartungen zu erfüllen oder vielleicht eine andere Herangehensweise probieren. Sie ging die Alternativen in Gedanken durch und entschied sich schließlich mit Kati, der Geschäftsführerin der „Weiberwirtschaft" darüber zu reden. Als frühere Psychotherapeutin hätte die sicher einen guten Tipp, wie sie ihre anspruchsvolle Kundin doch noch glücklich machen könnte.

Kati hörte ihr aufmerksam zu, als sie ihr am nächsten Tag das Problem genauer schilderte: „Ich kann die Frau einfach nicht verstehen. So wie sie es mir beschrieben hat, ist ihr größtes Ziel, den perfekten Partner zu finden, der auch noch einen perfekten Körper hat, perfekt tanzt, kunstinteressiert und romantisch ist. Aber alle Kandidaten, die diesem hohen Anspruch schon sehr nahekommen, wecken keinerlei Interesse bei ihr oder werden aus nicht nachvollziehbaren Gründen abgelehnt. Ich weiß absolut nicht mehr, was sie eigentlich will!"

Kati lächelte verständnisvoll über ihre bisherigen Bemühungen. „Das ist ein Phänomen, das ich sehr gut von früher kenne. Viele, die zu uns kommen, haben die fromme Hoffnung, dass wir einfach erraten können, was sie wirklich quält oder was sie tatsächlich erwarten. Wenn du Glück hast, erkennst du an einigen Andeutungen, in welche Richtung es gehen soll, aber im schlimmsten Fall, wissen es die Betroffenen oft selbst nicht."

Als sie das enttäuschte Gesicht von Maja sah, lächelte sie etwas fröhlicher. „Aber hier bei uns dürfte das doch kein Problem sein.

Denk an unseren zauberhaften Brunnen. Nimm deine Kundin am besten mit in den Brunnenraum und lass sie von dem wunderwirkenden Wasser trinken. Du weißt, dass es Menschen glücklich machen kann. Schon das alleine würde ihr mit Sicherheit bereits helfen und Veränderungen beginnen lassen. Und möglicherweise erfährst du dann auch, worum es ihr wirklich geht oder was ihr Problem ist."

Maja strahlte. „Das ist eine Superidee! Genauso werde ich es machen, danke, dass du eine so tolle Chefin bist!"

Beim nächsten Besuch von Eva König hatte Maja das Wasser bereits aus dem Brunnenraum geholt, um die Frau nicht durch die Örtlichkeit zu irritieren. Sie hatte darauf geachtet, den Termin so zu legen, dass die Buchhandlung schon geschlossen war und präsentierte die Flüssigkeit als eine Art Osterwasser.

„Nach alten Legenden soll das Osterwasser ja nicht nur Mädchen und Frauen schöner machen, sondern auch den Mann fürs Leben anlocken."

Eva König blickte ein wenig misstrauisch bei dieser Eröffnung, ließ sich dann aber auf das Vorhaben ein. Nach den ersten Schlucken wartete Maja gespannt, aber irgendwie schien der Brunnen nicht so schnell zu wirken, wie erwartet. Eva äußerte sich zwar nicht mehr so bestimmt zu ihren Wünschen, sondern schien eher etwas melancholisch. „In meinem Leben scheint sich dasselbe immer wieder zu wiederholen. Alle Männer neigen dazu, zu verschwinden, mein Vater, meine erste Liebe. Irgendetwas an mir scheint nicht zu stimmen. Aber ich weiß nicht was."

Maja hielt sich sehr zurück, aber ermunterte sie, weiterzureden.

„Jeder hat ja eine ganz besondere Erinnerung an die erste Liebe, etwas, das bleibt."

Das schien bei Eva König endlich alle Schleusen zu öffnen. Mit einem verklärten Blick setzte sie fort. „Da haben Sie ja so recht. Ich lernte Edgar kennen, als ich gerade 18 geworden war. Ich war ein dünnes Mädchen mit einer hässlichen Zahnspange und er eine dieser gottgleichen Gestalten, die einfach alles haben, ein fantastisches Aussehen, Grips im Kopf und sportliches Talent. Er hatte etwas ganz Besonderes an sich, fast wie die Antwort auf die heimlichen Gebete einer Jungfrau." Sie schwieg einen Moment versonnen und Maja nickte ihr verständnisvoll zu.

„Alle Mädchen schwärmten von ihm und jeder der Jungs wollte sein Freund sein. Edgar war groß, schlank und durchtrainiert, hatte wunderbare schwarze Locken und dunkle Augen, die einem bis ins Herz zu schauen schienen. Er war wirklich ein Anblick, der dazu geschaffen war, den Herzschlag einer Frau zu beschleunigen und den eines jungen unerfahrenen Mädchens sowieso. Obwohl ich so heftig verliebt war, wie noch nie in meinem Leben, rechnete ich mir bei ihm keine Chancen aus, aber dennoch wurden wir ein Paar. Ich schwebte ungefähr ein halbes Jahr auf Wolke sieben, dann ging

er zum Studium ins Ausland und ich habe ihn nie wiedergesehen."
„Wie traurig", murmelte Maja, aber Eva König schien sie gar nicht zu hören. Sie richtete sich plötzlich auf und war wieder die selbstbewusste Frau, die bestimmte wo es langging. „Aber das ist ja kein Problem mehr, Sie finden schon noch den Richtigen für mich."
Dann ging sie und ließ eine noch ratlosere Maja zurück.
War Evas Erinnerung an ihren Mr. Perfekt das Problem, das sie daran hinderte, neue Menschen wirklich kennenzulernen? Oder hatte sie weitere Erwartungen, über die sie noch gar nicht gesprochen hatten?
Maja seufzte. Eigentlich sollte das Gespräch heute der Wendepunkt sein, aber sie hatte den Eindruck, dass sie jetzt wieder ganz am Anfang stand. Als sie die Eingangstür abschließen wollte, sah sie das Foto auf dem Boden. Das musste Eva König verloren haben, andere Kunden waren ja nicht mehr im Laden gewesen. Sie hob es auf und musterte interessiert den jungen Mann, der in einem Sportdress lässig in die Kamera grinste. Maja war beeindruckt. Ein wirklich gutaussehender Typ, aber so wie er posierte, bestimmt auch ein kleiner Angeber.
Ob das der „gottgleiche Edgar" war?
Das konnte eigentlich nur einer herausfinden. Maja grinste erleichtert und rief Ben vom „Club der kleinen Millionäre" an. Ben hatte mit seinem Freund Noddy schon vor einiger Zeit ein Gesichter-Erkennungsprogramm für die sozialen Netzwerke gebastelt. Seitdem

ließ Maja immer öfter, unsichere Kandidaten für ihre Kontaktbörse, bei denen sie wenig ernsthafte oder sogar betrügerische Absichten vermutete, von ihm überprüfen.

Ben meldete sich sofort und war erfreut über ihren Auftrag, der sein Sparschwein weiter füllen würde. Aber Maja war sich bei ihrer Bitte noch unsicher. „Ich vermute der Mann ist auf diesem Foto Anfang Zwanzig und müsste heute Mitte bis Ende Sechzig sein. Klappt das dann noch mit eurem Programm?"

Ben kicherte nur. „Ich habe eine App auf meinem Smartphone, mit der ich jedes Porträtfoto altern lassen kann. Schick mir das Bild, dann zeige ich es dir gleich."

Nur wenige Minuten danach starrte Maja verdutzt auf das Foto eines gut aussehenden Mannes mit üppigem weißem Haar und dunklen Augen, die jeden zu durchbohren schienen. Zwar gab es um die Augen feine Fältchen und auch das Gesicht schien etwas erschlafft, dennoch blieb es ein wirklich attraktiver Mann.

„Das ist super! Hoffentlich ist er noch irgendwo zu finden."

„Kein Problem, ich melde mich."

Mit etwas mehr Hoffnung trat Maja ihren Heimweg an und freute sich auf ihre kleine Familie. Ihre Tochter war bereits früher von ihrem Mann abgeholt worden und Maja konnte gar nicht anders, als zu lächeln, als sie die Wohnung betrat und beide beim Plätzchenbacken antraf. „Wir haben dir einen Osterhasen gebacken, aber du darfst ihn noch nicht essen, er muss erst noch *koriert* werden."

Lillemor schwenkte den Pinsel mit roter Lebensmittelfarbe und *ko-rierte* nicht nur ihre Hände, sondern auch den Tisch. Bei diesem Anblick vergaß Maja ihre schwierige Kundin ganz schnell und half ihrer Tochter die Plätzchen passend und vor allem bunt zu dekorieren.

Zwei Tage später erhielt sie eine längere Mail von Ben. Inzwischen hatte sie ein wenig Sorge gehabt, dass sich Eva früher melden würde, bevor sie weitere Informationen hätte, daher las sie jetzt etwas erleichtert, was die Kids herausgefunden hatten.

Edgar Decker schien eine Art Lebenskünstler zu sein, der vieles schon gemacht hatte, auch vor einiger Zeit einen bekannten Kriminalroman geschrieben, allerdings unter Pseudonym veröffentlicht.

In letzter Zeit schien er überwiegend in zwielichtige Geschäfte und auch in mehrere dubiose Grundstücksangelegenheiten verwickelt zu sein. Dennoch hatte er nie vor Gericht gestanden, außer in einigen zivilrechtlichen Verfahren. Schließlich war er vor kurzem zum fünften Mal geschieden worden und schien seitdem in den sozialen Netzwerken sehr aktiv unterwegs zu sein.

Maja überlegte nicht lange und nahm sofort Kontakt mit ihm auf, um ihm eine Lesung in ihrer Buchhandlung vorzuschlagen. Das war unauffällig genug, schließlich hatten hier schon einige Autorinnen und Autoren gelesen.

Wenn sie Eva König dazu einladen könnte, würde es eine Reaktion geben. Maja hatte keine Ahnung welche. Es konnte sein, dass sie zwei Menschen zusammenbringen würde, die ihre Jugendliebe nie vergessen hatten oder es gäbe ein niederschmetterndes Ergebnis, aber Eva wäre dann von ihrem Idol geheilt und offen für die echten Gefühle von Georg. Das würde ihren Maja-TÜV bestätigen und die Schicksalsgöttin ganz bestimmt wieder erheitern.

Erstaunlicherweise war ihr erster Eindruck von Edgar Decker sehr angenehm. Wenn schon seine sonore Stimme am Telefon so gut klang, vermutete Maja, dann würde die Lesung bei ihrer weiblichen Kundschaft ein voller Erfolg werden.

Nachdem sie mit ihm einen Termin zu Beginn des nächsten Monats vereinbart hatte, hoffte sie Eva König bis dahin anderweitig be-schäftigen zu können. Denn eine Ankündigung der Lesung mit Foto des Autors, hätte den gewünschten Effekt zunichtegemacht, wie sie etwas verspätet und mit Erschrecken feststellte.

Mit Erleichterung nahm sie deshalb kurze Zeit danach Evas Anruf entgegen, in dem sie fast triumphierte. „Natürlich wusste ich, dass es ohne mich nicht geht. Das hat mein Chef jetzt auch bemerkt. Ich bin also die nächsten drei Wochen in Brüssel, um dort wieder Ord-nung zu schaffen und danach würde ich Georg doch gerne noch einmal treffen. Er hat bisher den größten Eindruck bei mir hinter-lassen und ich musste oft an ihn denken."

Maja lächelte erleichtert. Manchmal hatte auch das Universum ein Super-Timing! Als sie anschließend das aktuelle Foto von Edgar Decker für das Werbeplakat auf seiner Facebook-Seite fand, lachte sie erstaunt. Es glich haargenau dem bearbeiteten Bild, das ihr Ben geschickt hatte. Wenn diese Alterungs-App so gut war, dann könnte sie doch zu ihrem Hochzeitstag im nächsten Monat ihren Mann mit einem ähnlichen Foto überraschen oder lieber ihre Freundin?

Nein, Judith würde sofort das nächste Spa ansteuern und sie würde sich anschließen. Das sollten sie lieber ohne den vorherigen Alterungs-Schock einplanen.

Bis der Termin der Lesung endlich nahte, hatte Maja weitere Paare glücklich gemacht und viele Menschen zusammengebracht, die gerade im Frühling Joggen oder Walken wollten und das lieber zu zweit. Dennoch hatte sie bei allen kleinen Erfolgen, die ihr Freude bereiteten, immer noch den entscheidenden Termin im Auge behalten. Eva hatte erst im letzten Moment zugesagt, zur Lesung zu kommen und Maja hoffte immer noch inständig, dass sie keine Zeit haben würde, sich vorher zu informieren oder das Bild zu entdecken.

Es war ein wunderbarer klarer Frühlingstag, als „Majas Leseecke", von unzähligen Frauen jeden Alters fast gestürmt wurde. Sie war höchst zufrieden, welchen Andrang diese Lesung ausgelöst hatte und betrachtete lächelnd die wachsende Gruppe von Frauen, die sich um den Autor drängten, um ein Autogramm oder auch nur seine Aufmerksamkeit zu erhaschen.

Innerlich war sie jedoch sehr angespannt und hoffte, dass es nicht zu einer Katastrophe kommen würde, denn noch war Eva König nicht anwesend. Sie kam als letzte hereingehastet, als Maja bereits die Veranstaltung eröffnet und den Autor vorgestellt hatte. Da sie, von ihrem Platz aus ihre Problemkundin genau im Auge hatte, konnte sie deutlich sehen, wie diese beim Anblick von Decker sofort erstarrte und dann sichtlich blasser auf ihren Stuhl sank. Während der Lesung von Edgar Decker hingen die Frauen an seinen Lippen und er verstand es auch ausnehmend gut, seine Leserinnen in die spannenden Momente hineinzuführen und gleichzeitig mit ihnen zu kokettieren. Er entdeckte Eva erst, als die meisten Zuhörerinnen bereits gegangen waren und sie direkt auf ihn zukam. Maja stand leider zu weit entfernt, um zu hören, was gesprochen würde, sie registrierte aber interessiert, dass die beiden gemeinsam nicht nur ihre Buchhandlung, sondern auch die „Weiberwirtschaft" verließen.

Für sich hatte sie zwar schon festgestellt, dass die beiden überhaupt nicht harmonieren würden, sie passten nicht im Geringsten zusammen, aber würde Eva König das auch so sehen?

„Es bleibt spannend", raunte sie Judith zu, die sich den Autor auch mit Interesse angesehen hatte, aber nur noch abwinkte.

Einige Tage hörte Maja nichts von ihrer Problemkundin, was nicht nur ihre Spannung und Neugier erhöhte, auch Georg hatte bereits nach der Dame seines Herzens gefragt und sie musste ihn mit Bedauern vertrösten.

Nach einer Woche meldete sich eine total verwandelte Eva mit einem Riesenstrauß Tulpen bei Maja. Die betrachtete sie aufmerksam. Irgendetwas war anders an ihr. Natürlich war sie immer noch gutaussehend, gepflegt und geschmackvoll gekleidet, aber neu an ihr war dieses Strahlen, diese Herzlichkeit, die vorher verborgen war.

„Liebe Maja, ich weiß nicht, wie ich Ihnen danken soll. Sie haben etwas geschafft, was bisher kein Psychologe bei mir erreicht hat. Ich weiß nicht, ob Sie diese Konfrontationstherapie bewusst eingesetzt haben oder ob ihr Osterwasser den Ausschlag gab, aber es hat gewirkt und mir klargemacht, welchem falschen Bild ich jahrelang nachgetrauert habe."

Sie reichte Maja die Blumen und setzte sich auf den angebotenen Sessel. „Ich bin so erleichtert. Heute könnte ich Ihnen nicht einmal mehr sagen, was ich je an diesem Mann gefunden habe und das ist absolut erstaunlich. Er hat mich nicht einmal wiedererkannt und konnte sich auch mit Nachhilfe nicht mehr an mich erinnern. Natürlich wäre er jetzt an mir interessiert gewesen, aber ich nicht an ihm."

„Das freut mich wirklich für Sie, dass sie sich erleichtert fühlen. Soll ich jetzt für Sie weitersuchen?" Maja hielt schon ihren Stift und den Block parat.

Aber Eva König schüttelte sofort und ganz entschieden den Kopf. „Um Himmelswillen! Auf gar keinen Fall, denn jetzt fühle ich mich endlich frei von diesem Zerrbild und möchte meine Zeit mit jemandem verbringen, dem ich wichtig bin und der mein Herz wirklich berührt. Sagen Sie mir bitte, dass Georg noch keine Andere gefunden hat, oder doch?"

„Aber nein", beruhigte sie Maja. „Er hat bereits nach Ihnen gefragt. Ich habe ihn nur um etwas mehr Geduld gebeten, weil ich gespürt habe, dass sie wirklich hervorragend zusammenpassen."

„Das haben Sie gut formuliert", lächelte Eva und strahlte sie an. „Denn perfekt muss es nicht mehr sein, aber hervorragend mit kleinen Ecken und Kanten, das hat was. Bei den beiden anderen Herren habe ich bereits um Entschuldigung für mein unmögliches Verhalten gebeten, aber Georg erreiche ich leider nicht."

„Vermutlich ist er zu beschäftigt, er ist zu einem Chortreffen in Südfrankreich. Sie können ihn unter diesem Anschluss erreichen." Maja schob ihr erfreut die Telefonnummer zu, unter der der Dirigent sicher schon sehnsüchtig wartete.

Eva König warf nur einen kurzen Blick darauf und entschied sofort. „Da fahre ich hin. Vielen Dank Maja, das macht mein Glück perfekt." Dann schlug sie sich gespielt erschrocken die Hand vor den Mund und lachte: „Hervorragend, reicht auch!"

Sehr zufrieden mit sich, setzte sich Maja in ihre Büro-Ecke und prostete sich selbst mit dem Wasser aus dem Glücksbrunnen zu.

Wieder ein glückliches Paar, das mit ihrer Hilfe zusammengefunden hatte und auch hoffentlich lange zusammenbleiben würde.

Ein schwieriger Fall mit ziemlich viel Dramatik, aber sie hatte nie aufgegeben und schließlich doch ein fantastisches Ergebnis erreicht. Daran könnte ich mich gewöhnen, überlegte sie, jeden Tag ein glückliches Paar mehr und diese Welt wäre ein besserer Ort. Dann sah sie durch die großen Fenster ihren Mann und ihre Tochter, die am Mühlenradbrunnen auf sie warteten, während Lillemor ihrem Vater sicher alles über den Drachen erzählte, und das Herz ging ihr auf. Wie viel Glück sie doch hatte, denn für sie war die Welt schon in Ordnung!

Die geheimen Wünsche

„Endlich geht es los!" Anja Schöner stand in ihrem Schlafzimmer und ließ ihre Blicke unruhig und angespannt über die gepackten Koffer schweifen. Weil sie so lange auf diesen Moment gewartet hatte, genau genommen waren das sechs schwere Jahre gewesen, hätte sie jetzt eigentlich jubeln müssen, aber noch fiel ihr das schwer. Endlich könnte sie sich alle geheimen Wünsche erfüllen, die sie über die Jahre gesammelt und die ihr geholfen hatten die schwierige Zeit bei der Pflege ihrer Eltern zu überstehen.

Ihre Mutter war weniger das Problem gewesen, die hatte still gelitten und war dankbar für die Pflege und Zuwendung der Tochter. Aber ihr Vater kam nur sehr schwer damit zurecht, nicht mehr zu wissen, wer er war und nicht mehr alles bestimmen zu können. Ständig war er von einem enormen unstillbaren Zorn erfüllt und hatte ihr nicht nur die schlimmsten Verwünschungen, sondern auch diverse Gegenstände an den Kopf geworfen. Ihre Ehe war daran zerbrochen. Heinz war schon gleich geflüchtet, als sie begann die Mutter zu pflegen und hatte sich mittlerweile eine Jüngere gesucht. Sie trauerte ihm nicht nach, denn sie hatte in dieser Zeit ihr Potential und ihre Stärke entdeckt und wusste jetzt, dass sie alles schaffen konnte.

Anfangs war es ihr zwar sehr schwergefallen, die Pflege der Eltern und ihre Arbeit im Homeoffice überhaupt zu koordinieren. Schließlich brauchte das Korrektorat juristischer Fachtexte ihre volle Konzentration und keine ständigen Unterbrechungen oder Störungen. Damals war ein schlechtes Gewissen ihr ständiger Begleiter, genauso wie Schlafmangel und dunkle Augenringe. Aber dann hatte sie sich durchgerungen, auch professionelle Hilfe in Anspruch zu nehmen und ebenfalls viele Möglichkeiten der sozialen Unterstützung zu nutzen.

Sie holte tief Luft. Das alles lag jetzt hinter ihr, seit dem letzten Monat bezog sie ihre selbst erarbeitete Altersrente, etwas weniger, weil sie vorzeitig ging, aber ihr genügte das vollkommen. Damit konnte jetzt das große Abenteuer beginnen, von dem sie schon so lange träumte.

Während unzähliger Nachtwachen, die sie am Krankenbett verbrachte, hatte sie sie begonnen sich auszumalen, welche Wünsche sie sich erfüllen würde, wenn sie dazu endlich die Gelegenheit hätte. Diese ganz geheimen Wünsche sammelte sie in einer kleinen Box, die sie irgendwann auf einem Flohmarkt erstanden hatte. Durch die dunkelrote Farbe war sie ihr dort sofort ins Auge gefallen. Erst als sie näher heranging, bemerkte sie auch das faszinierende Muster, das in Silber geprägt war und aus dem man je nach Laune, Wolken oder Schleier oder fremdartige Schriftzeichen erkennen konnte.

Das satte Dunkelrot war sowieso ihre Lieblingsfarbe, schon damals, als ihre Haare noch schwarz waren. Aber auch zum jetzigen Hellgrau passte diese Farbe immer noch hervorragend.

Anja lächelte als ihr Blick auf die Koffer in der gleichen Farbe fiel, denn auch die meisten Kleidungsstücke, die sie hineingepackt hatte, waren dunkelrot. Diese Farbe erschien ihr genau passend für das, was sie sich erhoffte. Ein Abenteuer, etwas Aufregendes, etwas Leidenschaft, aber auf jeden Fall etwas völlig Neues, etwas, was sie noch nie erlebt hatte.

Jetzt wo es endlich losging, zauderte sie aber doch noch, denn es würde doch eine riesige Umstellung sein, das langersehnte Leben in der Hauptstadt.

Eigentlich hatte sie geplant sofort mit allem, was sie besaß loszufahren und das Abenteuer direkt vor Ort zu beginnen. Aber Lonny, ihr Freundin, hatte so eindringlich abgeraten, dass Anja die Szene immer noch genau vor Augen stand.

„Du kennst dort niemanden und du kennst dich dort auch nicht aus. Dort wartet niemand auf dich, hier schon. Nimm dir zuerst eine Ferienwohnung für ein paar Wochen, vielleicht reicht das ja schon aus, damit du dein Abenteuer erleben kannst. Wobei ich nicht so richtig verstehe, was du in deinem Alter noch an Abenteuern erwartest."

Anja verzog unmutig den Mund. Es störte sie, wenn Lonny sie immer wieder darauf hinwies, dass sie schon 63 war.

„Ich finde, dass ich genau im richtigen Alter dafür bin", erwiderte sie etwas rebellisch.

Lonny schüttelte nur den Kopf. „Aber wofür genau?"

„Das finde ich schon noch heraus", lachte Anja. „Verdirb mir nicht meine Träume!"

„Das will ich doch auch nicht", meinte die Freundin etwas versöhnlicher. „Aber ich sage immer, das Beste daran älter zu sein ist doch, dass wir unsere Dummheiten schon gemacht haben, ehe es das Internet und die sozialen Netzwerke gab. Egal was es war, es gibt dort keine Beweise, die meine Enkel finden könnten. Und du willst ausgerechnet jetzt noch einmal loslegen?"

Anja musste lachen. „Um Enkel zu haben, müsste sich mein Sohn erst einmal um eine Frau bemühen, aber da sehe ich schwarz. Es würde viel eher klappen, wenn ich einen aufregenden Mann finde, der bereits Enkel hat."

„Das wünsche ich dir doch auch", meinte Lonny begütigend. „Aber den hättest du auch hier finden können. Es wird auch dort nicht leicht sein, so eine große Stadt und da willst du ganz schnell den Richtigen finden?"

Anja schüttelte lächelnd den Kopf. „Ich bin zwar ein Landei, aber ich bin doch nicht blöd! Ich suche ein Abenteuer, etwas was ich hier nicht erleben kann. Und ich finde, dass ich nach all den Jahren ein Recht auf etwas Besonderes, etwas Prickelndes habe."

Lonny grummelte: „Und du meinst, eine Flasche Sekt hätte dafür nicht genügt? Ich wünsche dir wirklich alles Gute, aber lass den Kopf nicht hängen, wenn es nicht gleich klappt."

Anja umarmte die Freundin und grinste. „Du kennst mich doch, wenn ich den Kopf hängen lasse, dann nur, um meine neuen Schuhe zu bewundern."

Das war vor drei Wochen gewesen und danach hatte sie vieles geplant und vorbereitet, ja sie hatte sogar mit Sport begonnen, um mehr Ausdauer und Kondition zu haben. Und jetzt ging es endlich los! Jetzt beginnt mein großes Abenteuer, hätte Anja am liebsten laut gesungen. Dann eilte sie auf ihren eleganten dunkelroten Absatzschuhen zur Haustür, wo der Taxifahrer gerade ungeduldig geklingelt hatte.

Zwei Tage später saß sie in der hübschen Ferienwohnung in der Hauptstadt und starrte irritiert aus dem Fenster auf den belebten Platz. Es regnete und sie konnte keinen Spaziergang unternehmen, aber wenn sie ehrlich zu sich war, wusste sie genau, am Wetter lag es eigentlich nicht.

Ein warmer sommerlicher Platzregen hatte sie noch nie gestört. Doch die große Stadt machte ihr zu schaffen, es gab viele Menschen, aber keine, die sich für sie interessierten oder ihr einen Tipp geben konnten, wo das Leben wirklich so tobte, wie sie sich das in langen Nächten ausgemalt hatte.

Am ersten Tag hatte sie eine Sightseeing-Tour mitgemacht und kannte jetzt einige Sehenswürdigkeiten, aber mehr auch nicht.

Bei den vielen internationalen Gästen, die teilgenommen hatten, konnte sie sich leider mit keinem ausführlicher unterhalten.

Abends war sie müde ins Bett gefallen und heute Morgen hatte sie sich nur dazu aufgerafft, einige Lebensmittel zu kaufen und sich etwas zum Essen zu machen. Zu mehr wagte sie sich schon gar nicht vor die Tür. Sollte sie etwas Lesen oder Fernsehen? Nein, das hatte sie lange genug zuhause gemacht, das war Leben aus zweiter Hand und sie wollte etwas Echtes. Noch unschlüssig schaltete sie das Radio ein und lauschte dann überrascht einer Frau, die sang, sie habe im Leben viele Runden geboxt, *aber ich steh noch!*

Als ob sie von mir singen würde, schoss es Anja durch den Kopf. Ich bin auch durch schwere Zeiten gegangen und jetzt bin ich kurz davor, das Abenteuer meines Lebens zu erleben und dann scheue ich feige zurück?

Schluss damit! Aufgeben ist keine Option! Das hatte sie sich viele Nächte lang geschworen und jetzt würde es weitergehen.

Nach einem kurzen Blick auf das Wetter, nahm sie einen Schirm und die leichte Regenjacke über den Arm und stockte dann. Wohin sollte sie denn als erstes gehen? Welcher ihrer geheimen Wünsche sollte heute verwirklicht werden?

Während sie nachdenklich das dunkelrote Kästchen betrachtete, geschah etwas Sonderbares. Die kleine Box begann von unten zu leuchten, so als habe jemand im Inneren eine kleine Lampe entzündet, dann klappte der Deckel auf und heraus schwebte einer der

Zettel und landete auf dem Tisch. Anja stand wie erstarrt, bis das geheimnisvolle Licht wieder erlosch und sie sich in seine Nähe traute. Was war denn das? So etwas war ihr doch noch nie passiert? Wurde sie jetzt reif für die Psychiatrie, kaum, dass sie ihren Heimatort verlassen hatte?

Sie betrachte und befühlte das Kästchen ganz vorsichtig, aber das war nicht heiß oder verbrannt und hatte auch keine verdeckte Beleuchtung, sondern war völlig normal.

Blieb noch der Zettel. Sie drehte ihn ebenfalls vorsichtig um und las einen Wunsch, den sie nach mehreren Nachwachen notiert hatte: *Eine Schönheitsbehandlung, mit allem, was dazu gehört.*

Sie lachte erfreut auf. Das war genau die richtige Wahl für einen Regentag, wie diesen. Aber wohin sollte sie gehen, welches dieser tollen Institute hätte denn einen freien Termin für sie?

Als sie den Wunschzettel an sich nahm, sah sie auf der Rückseite eine Adresse, die sie garantiert nicht notiert hatte. Aber sie würde auf jeden Fall nachsehen, ob dort tatsächlich das Ziel ihrer Wünsche wäre.

Nachdem sie ihren Stadtplan aufmerksam studiert hatte, fand sie erstaunlicherweise gleich die richtige U-Bahnlinie und nahm gespannt Platz. Auch als sie noch einmal umsteigen musste, störte sie sich nicht mehr daran, dass die Leute etwas hektisch an ihr vorbeieilten, sie machte einfach mit und fühlte sich schon ein wenig als Hauptstädterin. Und plötzlich stand sie wirklich vor einem großen alten Gebäude, in dessen Erdgeschoss sich ein Schönheitsinstitut befand, in dem Kosmetik- und Frisörleistungen angeboten wurden. Zunächst bewunderte sie das schöne alte Haus mit den großen Fenstern, dann ließ sie ihre Blicke über die Liste der Angebote schweifen, verstand aber kaum, worum es eigentlich ging. Nachdem sie dreimal tief eingeatmet hatte, wagte sich Anja hinein. Die freundliche Dame an der Rezeption, die auch graue Haare hatte, lächelte ihr zu, als sie ihren Wunsch äußerte und nickte.

„Heute muss ihr Glückstag sein, gerade eben hat eine Kundin ihren Termin für die große Behandlung abgesagt. Sind sie auf vier bis fünf Stunden vorbereitet?"

„Sie können sich nicht vorstellen, wie lange ich schon dafür bereit bin." Anja war so erleichtert, dass sie auch zehn Stunden in Kauf genommen hätte. Als die nette Frau, die sie dann bediente, ein Foto von ihr machte und ihr mithilfe einer App zeigte, wie sie zum Schluss der Behandlung aussehen könnte, nickte sie nur. Das Ganze kam ihr noch immer so unwirklich vor, dass sie gar nicht glauben konnte, was sie auf dem Foto sah. Wenn sie nur halb so gut aussehen würde, wäre sie schon überglücklich.

Als sie nach einigen Stunden das Ergebnis sah, starrte sie ungläubig auf ihr Spiegelbild. „Oh", hauchte sie nur und begann dann zu strahlen. Das konnte doch nicht wirklich sie sein?

Ihre Haare waren nicht nur etwas heller, sie waren silbergrau und glitzerten auf eine ganz besondere Art, die ihre grauen Augen viel größer erscheinen ließ. Mit dem leichten Make-up sah sie im Gesicht fast rosig und viel frischer aus, sie schien zehn oder sogar fünfzehn Jahre hinter sich gelassen zu haben. Ihre Mundwinkel hoben sich bei diesem Ergebnis ganz unwillkürlich und sie musste sich einfach noch einmal zulächeln. *Gut gemacht, Anja!*

Selbst die horrende Summe, die sie begleichen musste, störte ihre gute Laune nicht, denn dieser Anblick, den sie anschließend auf dem Rückweg in jedem verfügbaren Schaufenster oder Spiegel genoss, war jeden Cent wert.

In der Ferienwohnung angekommen, hatte sie das untrügliche Gefühl, der Tag sei für sie noch nicht vorbei. Deshalb sah sie nachdem sie eine Kleinigkeit gegessen hatte, fragend zu ihrer geheimnisvollen Box und tatsächlich begann sie wieder zu leuchten. Diesmal wartete sie nicht mehr so vorsichtig, sondern trat gleich näher, als sich der Deckel öffnete und ein Zettel herausflog.

Tanzen im Regen! Anja schüttelte irritiert den Kopf. Das musste ein Fehler sein. Tanzen war erst für den nächsten Tag angesagt, denn die Karte für ein Konzert mit André Rieu und dem Johann-Strauß-Orchester hatte sie schon vor einigen Wochen gebucht.

Aber dann fiel ihr ein, das wäre ja nicht im Regen, sondern in einer großen Halle. Sie sah prüfend aus dem Fenster und hielt dann die Hand in den Nieselregen. Die Tropfen waren überraschend warm, also wählte sie ein leichtes Sommerkleid, selbstverständlich in dunkelrot und den dunklen Regenschirm, dessen Blumen sich bei Regen rot färbten und ging einfach los.

Da sie kein bestimmtes Ziel hatte, schlenderte sie durch den Teil der Stadt, der die Mitte bildete, durch kleine Parks bis hin zur Museumsinsel. Schon das fand sie unwahrscheinlich romantisch, die alten Häuser, die gewölbten Brücken über den Fluss, die Menschen, die entspannt spazierten. Und dann hörte sie leise Musik.

Sie schaute sich suchend um, konnte aber die Quelle der sehnsuchtsvollen Musik nicht entdecken. Bis sie zum Alten Museum kam. Dort unter dem Säulengang, geschützt vor dem Regen, tanzten Paare eng umschlungen Tango. Anja sah wie gebannt zu, während die leidenschaftliche Melodie fast schleppend verklang.

Einige Paare wechselten die Partner, andere sahen sich nur intensiv in die Augen und dann begann das Bandoneon wieder einen neuen Tanz. Sie zuckte erschrocken zusammen, als sie neben sich eine leicht heisere Stimme hörte. „Schenken Sie mir den nächsten Tanz?"

Sie sah zur Seite und stockte. Was für ein gutaussehender Mann! Er war um einiges größer als sie, hatte dunkle Haare mit viel Silber darin und leuchtend blaue Augen, die sie intensiv betrachteten. Der kleine goldene Ring im rechten Ohr gab ihm etwas Wildes, etwas Piratenhaftes. Er musterte sie sehr aufmerksam und brachte nur damit die Luft zwischen ihnen schon zum Knistern. Da sie sich nicht sicher war, ob ihre Stimme jetzt noch funktionierte, nickte sie nur und ließ sich von ihm auf die Tanzfläche ziehen. Er lächelte leicht und nahm ihr den Schirm aus der Hand, um ihn über einen Pfeiler zu hängen. Dann zog er sie fest an sich und begann den Tango mit Anfängerschritten. Anja war sehr dankbar dafür, denn das letzte Mal, dass sie Tango getanzt hatte, war in der Tanzschule gewesen. Sie erinnerte sich noch sehr genau daran, wie Heinz, sie damals bei dieser Rückbeuge, für die der Tanzlehrer einen speziellen Namen hatte, fallenließ. Der Name der Figur fiel ihr nicht mehr ein, aber der Schmerz an ihrem Steißbein blieb ihr noch sehr lange erhalten.

Jetzt dagegen fielen ihr die Tangoschritte leicht, trotzdem war sie der Meinung, sie müsse ihren Mangel an Übung erklären, obwohl sie keine Fehler machte. Lächelnd schüttelte sie über sich selbst den Kopf und betonte. „Eigentlich war ich auf Walzer eingestellt." Der Mann lächelte sie nur auf eine Art an, wie sie sie noch nie erlebt hatte, so intensiv als würde jede einzelne Zelle ihres Körpers durch seine Blicke aufleben und jubeln. Dann flüsterte er ihr mit dieser heiseren Stimme ins Ohr. „Aber Sie tanzen wunderbar, hier zählt nur die Leidenschaft und die spüre ich bei Ihnen."

Leise verklang die Musik und die Paare wechselten. Anja wollte sich dem nächsten Tanzpartner zuwenden, aber der Mann hielt sie zurück und zog sie nur fester an sich. Jetzt hatte sie das Gefühl, mit einem wirklichen Meister zu tanzen, der sie mit einer besonderen Grazie führte und so eng an sich zog, dass sie auf den leichtesten

Druck seiner Arme reagierte und eine Rückbeuge vom Feinsten absolvierte. Die anderen Paare scharten sich um sie und klatschten begeistert. Ehe Anja aus ihrem Wirbel an Gefühlen wieder zu sich kam, war der Bandoneon-Spieler weitergezogen und mit ihm auch die Tänzer.

Noch immer erfüllt von diesem einzigartigen Erlebnis, nahm Anja ihren Schirm und schlenderte weiter. Das war genau das, wovon sie in einsamen Nächten geträumt hatte, so konnte es weitergehen.

Für den nächsten Morgen hatte sie einen geführten Stadtrundgang mit einer geringen Teilnehmerzahl gebucht. Vielleicht konnte sie so leichter jemanden kennenlernen, mit dem man sich länger als fünf Minuten unterhalten konnte oder der vielleicht irgendwelche Geheimtipps für die Stadt hatte?

Ganz gespannt eilte sie am Morgen zum Treffpunkt an der Weltzeituhr am Alexanderplatz. Erstaunlicherweise stand dort niemand und Anja betrachtete zunächst interessiert die unterschiedlichen Uhrzeiten an Orten, deren Namen schon interessant klangen.

„Sind Sie Frau Schöner?", hörte sie plötzlich hinter sich jemanden fragen. Na endlich, dachte sie und drehte sich um.

Beinahe blieb ihr die Luft weg. Was hatte diese Stadt nur an sich, dass sie schon den zweiten Mann traf, der ihre Knie weich werden ließ? Er sah völlig anders aus, als der Tänzer vom Vorabend, hatte kurze dunkelblonde Haare, die bereits dünner und grauer wurden, war aber auch hochgewachsen und hatte ein interessantes scharf geschnittenes Gesicht und Augen, die in einem warmen Grün so leuchteten, dass ihr auch warm wurde

Während sie ihm noch zunickte und ihren Buchungsnachweis reichte, schob sich hinter ihm ein kleines Mädchen vor, das einen winzigen Pferdeschwanz aus nussbraunen Haaren und eine große Sonnenbrille trug.

„Das ist meine Enkelin Svenja. Die beiden Damen, die außer Ihnen für heute angemeldet waren, haben sich leider erkältet. Deshalb wird uns Svenja heute begleiten, weil sie sich auch sehr für das Thema „Berühmte Berliner – ganz privat" interessiert und wenn Sie einverstanden sind, beginnen wir mit dem Alten St. Matthäus Friedhof und den Gräbern der Brüder Grimm."

Auf der Fahrt zu diesem Friedhof erfuhr Anja nicht nur einiges aus dem Privatleben der berühmten Märchensammler, sondern auch alle Märchen, die Svenja kannte, ebenso das Geheimnis der Sonnenbrille, die bei dem bedeckten Himmel eigentlich nicht erforderlich war. „Künstler tragen immer Sonnenbrillen, sagt Opi. Damit sie nicht von jedem erkannt werden. Ich übe schon für später, denn dann werde ich eine berühmte Tänzerin."

Anja empfand die Kombination aus Stadtrundgang und Rundfahrt sehr angenehm, zumal Nils Janzen, ihr Begleiter, ein angenehmer Gesprächspartner war, der Interessanten zu erzählen hatte, aber auch schweigen konnte. Er wirkte so vertrauenserweckend auf sie, dass sie ihm viel von ihren anderen besonderen Wünschen erzählte und er reagierte auf alle sehr verständnisvoll.

„*Dinner in Weiß*, davon habe ich schon gehört, leider hatten wir so etwas hier noch nicht. Aber wenn Sie ein Schlagerkonzert zum Mitsingen suchen, da hätte ich einige Empfehlungen. Auch wenn sie besondere Fotos machen lassen wollen, die sonst keiner hat, kann ich Ihnen weiterhelfen. Ich kenne zwei Fotografinnen, die sehr erfindungsreich sind. Meine Tochter Katia hat sich in mehreren Filmrollen fotografieren lassen. Damals als sie 16 war, schwärmte sie noch für Scarlett aus „Vom Winde verweht."

„Und jetzt komme ich an die Reihe", rief Svenja und rutschte näher heran. „Ich werde natürlich Cinderella sein, eine Tänzerin und eine Prinzessin. Wollen Sie nicht mitkommen? Ich brauche dafür ja noch eine gute Fee und Opi will die nicht spielen. Aber wenn Sie das übernehmen, klappt es bestimmt schon morgen, Opi, oder?"

„Natürlich, ich rufe anschließend gleich an."

Als Anja an ihrer Wohnung wieder abgesetzt wurde, hatte sie einen sehr vergnüglichen Vormittag verbracht, Spannendes und Makabres über berühmte Berliner erfahren und einen Fototermin für den nächsten Vormittag. Und eine angenehme Erinnerung an einen Mann, der sie doch sehr beeindruckt hatte. *Ein Märchen beginnt mit, es war einmal*, summte sie vergnügt. Sie hatte Märchen schon immer gemocht, genauso wie Happy Ends.

Um für den Abend fit zu sein, gönnte sie sich noch einen ausgiebigen Mittagsschlaf und begann dann, sich zu frisieren und nach den Hinweisen der Kosmetikerin zu schminken. Nach einem prüfenden Blick in den Spiegel fand sie, dass ihr das ganz gut gelungen war und machte sich dann in ihrem neuen Kleid mit roten Rosen auf schwarzem Grund auf den Weg zur großen Konzerthalle.

Es ist wirklich bequem hier zu wohnen, ging es ihr unterwegs durch den Kopf, alle wichtigen Plätze sind sehr schnell mit Bus oder Bahn erreichbar, hier könnte ich mich auch wohlfühlen. Nachdem sie in der Halle so umfangreiche Kontrollen wie auf dem Flughafen durchlaufen hatte, ließ sie sich voller Erwartung auf ihren Platz im vorderen Bereich des Saales sinken.

Sie hatte sich die Walzer-Konzerte schon oft im Fernsehen angesehen, aber es war doch etwas völlig anderes, als das gesamte Johann-Strauß-Orchester mit dem Dirigenten, direkt an ihr vorbei zur Bühne ging. Vor lauter Aufregung vergaß sie mit ihrem Handy zu filmen und dachte noch: Das glaubt mir sowieso niemand!

Aber dann begann die Musik und nahm alle anderen Gedanken mit sich. Sie war so in den Klängen gefangen, dass sie sich noch auf dem Platz wiegte, als die ersten Paare anfingen zu tanzen. Der Walzer schien wie schon zu Strauß' Zeiten viele Leidenschaften freizusetzen und Hemmungen abzubauen. Anja sah noch etwas sehnsüchtig zu den Rängen, an denen Menschen sogar auf den Plätzen

tanzten, als sie gefragt wurde: „Aber heute sind Sie auf Walzer vorbereitet, oder?"

Schon diese heisere Stimme, die ihr ins Ohr flüsterte, ließ erwar-
tungsvolle Schauer über ihren Körper fliegen. Der Tänzer vom
Vortag zog sie von ihrem Platz hoch und fügte sich mit ihr in den
Kreis der Tänzer ein, die den klassischen Walzer mit schnellen
Drehungen tanzten. Anja war fast benommen, als die Musik endete
und ihr Begleiter sie wieder zu ihrem Platz brachte.

Er drückte ihr noch etwas in die Hand und verschwand wieder auf
geheimnisvolle Weise. Anja öffnete die Hand und sah auf eine Vi-
sitenkarte oder etwas Ähnliches. Sie hätte am liebsten genauer
nachgesehen, aber dafür brauchte sie ihre Lesebrille und die wollte
sie jetzt garantiert nicht tragen. Vielleicht saß dieser aufregende
Typ noch irgendwo in der Nähe. Sie würde sich das später ansehen,
versprach sie sich und konzentrierte sich wieder auf die Musik,
wiederholte aber in Gedanken bei jedem Walzer den Tanz mit dem
Unbekannten.

Als sie sich auf dem Heimweg endlich unbeobachtet fühlte, studierte sie die Karte aufmerksam. *Viktor Ametrin, Event-Agentur,*
darunter standen die Namen von Städten, die Anja mit Sicherheit
noch nie gesehen hatte und einige Telefonnummern.

Viktor heißt er also, ein schöner Name und als Sieger konnte sie
ihn sich auch gut vorstellen. Auf der Rückseite der Karte fand sie
wieder eine Frage: *Essen Sie morgen mit mir? 18.00 Uhr, Hugos*

Restaurant im Interkonti.

Warum eigentlich nicht? Sie lächelte. Jetzt schien das Abenteuer richtig Fahrt aufzunehmen, genauso, wie sie es sich immer gewünscht hatte.

Am nächsten Morgen traf sie sich wieder mit Nils Janzen und seiner süßen Enkelin und hätte nicht sagen können, was ihr mehr Freude machte, in einem fantastischen, historischen Kleid mit Wespentaille von einem gutaussehenden Mann so schmachtend angesehen zu werden, dass sie die Fotografin fast vergaß oder mit beiden anschließend Eis in einem kleinen Café zu essen und dem Geplapper der kleinen Svenja zuzuhören, die immer behauptete, sie müsse eine echte Fee oder für ihren Opi geschickt worden sein. Genauso hatte sie sich das aufregende Leben vorgestellt und so sollte es weitergehen.

Immer wenn Anja später an diese Zeit dachte, schienen ihr diese Tage wie im Flug vergangen zu sein. Tagsüber war sie meist mit Nils Janzen unterwegs, manchmal begleitete sie ihn bei seinen unterschiedlichen Touren oder lernte auch seine Tochter Katia und sein Studio kennen, in dem er unterhaltsame historische Geschichten schrieb. Er hielt auch mit ihr Stunden an einer Freilichtbühne zu einem Oldie-Schlagerkonzert aus und hatte keine Hemmungen lauthals mit ihr „Die berühmten drei Worte" zu singen oder bei einem Klavierkonzert im Schlosshof einfach ihre Hand zu halten. Irgendwann hatte er ihr auch gestanden, dass er nach Erreichen des

Rentenalters die Stadtführungen nur begonnen hatte, um endlich wieder eine Frau zum Reden und zum Schweigen und für vieles andere zu finden. Und seine Blicke und Bemerkungen signalisierten ihr, dass sie mit großer Sicherheit die Eine sei.

Aber da waren auch die Abende mit Viktor, der sie in ein Leben entführte, das sie nur aus Filmen kannte. Er dinierte mit ihr in der 14. Etage eines Hotels und legte ihr von der Terrasse aus die Hauptstadt zu Füßen oder zeigte ihr in einer Spielbank, dass er sein Pech im Spiel, jetzt mit seinen Gefühlen für sie in Zusammenhang brachte. Mit ihm stieg sie zu ersten Mal in einen Hubschrauber für einen nächtlichen Rundflug über die Stadt oder besuchte eine Bar, die als absolut verrucht galt. Wenn sie bei Borchardts speisten, wo es fast normal war, dass Promis am Nebentisch saßen, dachte Anja oft an Lonny, die ihr das alles vermutlich nicht glauben würde. Viktor erfüllte viele ihrer geheimen Träume, denn er war genau das, was sie sich gewünscht hatte, das Unerwartete, das große Abenteuer. Und deshalb gab es auch irgendwann eine berauschende Nacht mit ihm, die Anja bestätigte, tatsächlich noch im richtigen Alter zu sein. Wenn sie allerdings vorher gewusst hätte, was auf sie zukam, hätte sie sich vermutlich wieder zu viele Gedanken gemacht. War sie darauf wirklich schon vorbereitet und hatte sie auch die richtige Unterwäsche ausgewählt? Aber im Taumel der Leidenschaft war ihr das alles völlig egal.

Dieses Leben von einem Höhepunkt zum nächsten, gefiel ihr

schon, brachte sie aber auch immer öfter in Zwiespalt, ließ sie zweifeln und nachdenken. Sie genoss, was sie erlebte, aber wollte sie für immer auf der Überholspur leben? Denn das würde ein Leben mit Viktor bedeuten, jede Woche in einer anderen Stadt, jede Woche neue Menschen, aber keine Freunde, die man kannte oder auf die man sich verlassen konnte. Und würde er das überhaupt wollen oder interpretierte sie zu viel in etwas, was für ihn vielleicht nur ein Abenteuer war?

Andererseits gab es da Nils, der ihr auch die Wünsche von den Lippen las, aber ein ruhigeres solideres Leben in Aussicht stellte. Für wen sollte sie sich entscheiden?

Und stand diese Frage überhaupt oder eilte sie mit ihren Wünschen der Realität schon wieder voraus? Irgendwann beschloss sie, einfach alles auf sich zukommen zu lassen und zu genießen, was ihr geboten wurde.

Aber nach zwei aufregenden Wochen musste Viktor abreisen und eröffnete es ihr, als sie gerade eine Show verließen, die Anja begeistert hatte. „Ich habe meinen Aufenthalt hier schon weit über die Zeit ausgedehnt, weil ich bei dir sein wollte, weil du mir wirklich wichtig bist. Ich weiß, wir kennen uns erst wenige Tage, aber wir können uns später immer noch besser kennenlernen. Begleite mich einfach, komm mit mir, Anja!"

Anja schüttelte den Kopf. „Das geht doch nicht!"

Viktor zog sie an sich. „Aber warum denn nicht. Stell dir vor, du wachst morgens in Rom auf und zwei Tage später in Paris, aber immer an meiner Seite."

„Ich mag dich wirklich sehr." Sie schob ihn etwas zurück. „Aber das geht mir einfach zu schnell."

Sein Blick war traurig, aber auch ein wenig ungeduldig. „Ich fliege morgen Abend und ich wäre glücklich, wenn du neben mir wärst."

Schon auf dem Heimweg begann sich das Gedankenkarussell in ihrem Kopf zu drehen. Sollte sie mit ihm gehen und diese einmalige Chance nutzen oder sollte das Erlebte mit Viktor nur eine schöne Erinnerung bleiben? Jetzt hätte sie gerne jemanden an der Seite gehabt, der sie beraten würde oder ihr versichern könnte, dass Viktor genau der Richtige sei. Sie seufzte, in diesen Dingen fühlte sie sich nicht erwachsener als mit Siebzehn. Allerdings hatte sie damals lange nicht so viele Möglichkeiten zur Auswahl gehabt. In ihrer Ferienwohnung kam sie auch nicht zur Ruhe und lief ratlos und rastlos durch den kleinen Raum, kam aber bei allem Grübeln zu keinem Ergebnis.

Nach einer unruhigen Nacht, in der sie sonderbare Dinge geträumt hatte, war ihr klar, dass sie jetzt eine Entscheidung treffen musste, aber welche? Wo waren eigentlich die berühmten Feen, wenn man wirklich mal Hilfe brauchte?

Als ihr Blick irgendwann auf der kleinen dunkelroten Box hängen blieb, begann sie erleichtert zu lächeln Bisher waren fast alle ihre

Wünsche, die sie in den langen Nächten sehnsuchtsvoll notiert hatte, erfüllt worden, unabhängig ob der Wunschzettel herausgeflattert war oder nicht. Vielleicht wusste das zauberhafte Kästchen auch noch mehr?

„Wenn du mir doch sagen könntest, was ich tun soll? Was ist jetzt das Richtige für mich?"

Gespannt sah Anja auf die magischen Schriftzeichen und wollte sich gerade enttäuscht abwenden, als das sonderbare Leuchten erneut begann. Es dauerte lange, aber dann öffnete sich der Deckel doch noch und heraus flog ein kleines Blatt. Offenbar war das tatsächlich der letzte Wunsch, denn als sie in die Box sah, war sie absolut leer. Der Wunschzettel lag umgekehrt, aber Anja konnte sich genau daran erinnern, wann sie ihn geschrieben hatte. Es war der letzte unerfüllte Wunsch, das *Dinner in Weiß*.

Sie musterte ihn enttäuscht. Sollte das wirklich jetzt ein entscheidender Hinweis sein oder war alles nur ein Zufall?

Nachdem sie unschlüssig überlegt hatte beschloss sie, den Hinweis einfach als Orakel zu verstehen und auszutesten. Dort, wo sie ein *Dinner in Weiß* erwarten würde, ob bei Viktor oder bei Nils, wäre sie hoffentlich genau richtig.

Nils hatte sie für 18.00 Uhr eingeladen und von Viktor wusste sie, dass er abends fliegen würde und sie vorher noch sehen wollte.

Also zog sie den Zweiteiler in Weiß an, den sie extra für diesen Zweck gekauft hatte. Dann betrachtete sie sich aufmerksam im

Spiegel. Eigentlich trug sie lieber kräftiges Dunkelrot oder andere leuchtende Farben, aber mit der leichten Hautbräune stand ihr auch das Weiß ganz ausgezeichnet. Die Spannung hatte ihre Wangen bereits etwas gerötet, also genügte ein leichtes Make-up, um sich wesentlich sicherer zu fühlen, als ihr wirklich zumute war.

Viktor schien schon auf sie gewartet zu haben, denn er stand bereits in der Hotelhalle, als sie ankam. Aber nach einem *Dinner in weiß* sah es nicht aus und Anja fühlte sich komischerweise eher erleichtert. Er sah nach ihrem nicht vorhandenen Gepäck und wandte sich enttäuscht ab. „Das war's dann wohl."

Seine Stimme klang gepresst und Anja wollte ihn nicht so gehen lassen. Schließlich hatten sie zusammen eine wundervolle Zeit gehabt, aber er schien den Abschied abkürzen zu wollen und sah sie nicht einmal mehr an.

„Du hast mich sehr glücklich gemacht und das wünsche ich dir auch für die Zukunft." Sie wollte ihm noch die Hand reichen, aber er ging ohne Gruß. Dass es so enden musste, tat ihr wirklich leid und sie holte tief Luft, war aber erstaunt, dass sie mehr Wehmut als Schmerz empfand. Sie zuckte mit den Schultern, auch wenn es zu Ende war, Viktor würde immer zu ihrem großen Abenteuer gehören und eine angenehme Erinnerung sein.

Aber jetzt läge wieder eine Entscheidung vor ihr. Was würde sie tun, wenn sie sich auch von Nils für immer verabschieden musste? Schon als sie sich die Frage nur vorstellte, tat Anja das Herz weh und sie spürte, wie das Verlustgefühl ihr die Tränen in die Augen trieb. Traurig ging sie zur U-Bahn, um in einen Stadtbezirk weit vom Zentrum entfernt zu fahren, wo Nils wohnte. Während der Fahrt sah sie links und rechts aus dem Fenster auf die Häuser und Gärten, in denen Menschen feierten, lachten oder entspannten. Gut, dass die U-Bahn hier oberirdisch fuhr, das hob ihre Stimmung wieder und so langsam kam auch eine Spur von Neugier auf, was sie wohl bei Nils wirklich erwarten würde.

Selbst in ihren kühnsten Träumen hätte sie sich niemals vorstellen können was sie sah, als sie in die Straße einbog, in der er lebte. Vor dem Zwei-Familienhaus, in dem Nils auf der einen Seite wohnte und seine Tochter auf der anderen Seite, stand eine lange Tafel, die weiß gedeckt war. In den Vorgärten links und rechts davon, gab es ähnlich gedeckte Tische, an denen schon fröhliche Menschen winkten, alle weiß gekleidet.

Als der Mann, zu dem ihr die geheimnisvolle Box geraten hatte, in weißen Jeans und einem falsch zugeknöpften weißen Hemd aus der Tür trat und sie freudestrahlend begrüßte, hätte sie am liebsten wieder geweint, aber diesmal vor Freude.

In diesem Augenblick wusste sie es, dass sie schon längst begonnen hatte, diesen Mann zu lieben. Das war mehr als ein Flirt, das war für immer. Hinter ihm hüpfte Svenja in einem weißen Tutu über die Hecke, gefolgt von seiner Tochter Katia, die auch ein weißes Kleid und einen Korb mit Weinflaschen trug.

„Das ist bestimmt das beste *Dinner in Weiß*, das es auf der ganzen Welt gibt", rief Svenja und tanzte aufgeregt um Anja herum.

„Freust du dich? Mein Opi hat gesagt, wenn wir das schaffen, dann bleibst du vielleicht bei uns. Das machst du doch, oder?"

Nils nahm Anja in den Arm und lächelte etwas verlegen. „Dieses Kind ist mir Welten voraus. Das sollte eigentlich meine Frage sein. Deswegen stelle ich sie auch noch einmal, bleibst du jetzt wirklich bei mir?"

Anja schob ihn ein wenig zurück, um direkt in seine Augen zu sehen, die in diesem warmen Ton leuchteten, der ihr immer das Herz erwärmte. „Dieses Dinner war der letzte Wunsch in meiner geheimnisvollen Box. Aber genaugenommen seid ihr alle drei das, was ich wirklich will und ich fürchte, mich werdet ihr nie wieder los."

-Ende-

Von der Autorin sind im BoD-Verlag bereits erschienen:

- Die Schlager-Goldies greifen ein -1
  Cosy-Crime-Geschichten
- Die Schlager-Goldies greifen ein -2
  Cosy-Crime-Geschichten

- Machen wir es wie Miss Marple -1
  Cosy-Crime-Geschichten
- Machen wir es wie Miss Marple -2
  Cosy-Crime-Geschichten

- Sophie und die Krimifrauen vom alten Bahnhof -1-
  Cosy-Crime-Geschichten
- Sophie und die Krimifrauen vom alten Bahnhof -2-
  Cosy-Crime-Geschichten
- Sophie und die Krimifrauen vom alten Bahnhof -3-
  Cosy-Crime-Geschichten

- Die Weiberwirtschaft
  Frauenpower im Mühlengrund
- Die Silver Girls
  Das Programm gegen Jugendschwund

Unmögliche und fantastische Geschichten 1-5:

- Das gibt es doch nicht!

- Das ist wirklich das Allerletzte!

- Jetzt ist aber Schluss!

- Alles auf Anfang!

- Und wo bleibt mein Wunder?

- Der Club der kleinen Millionäre -1-
  Coole Kids und der clevere Umgang mit Geld

- Der Club der kleinen Millionäre -2-
  Von Pfunden, Freundschaft und Hunden

- Der Club der kleinen Millionäre -3-
  Coole Kids und eine rätselhafte Schatzkarte

- Immer wieder aufstehen!
  Kurzgeschichten zum Mut machen

- Klara und die Monster
  Mit Mutpunkten gegen die Angst

- Das Monster im Schrank
  Wenn Kinder Angst haben - Ratgeber